그 남자의 정원

一
회
복
一

그
남
자
의
정
원

초판 1쇄 발행 | 2025년 5월 8일

글쓴이 지은 | **그린이** 한요
펴낸이 우종욱 | **편집** 염미희 | **디자인** 지희령 | **제작** 공간

펴낸곳 나비날다 | **등록** 2021년 7월 2일·제2021-000092호
주소 10909 경기도 파주시 송학1길 114-9 401호 | **팩스** 0508-906-5405
이메일 nabinalda0228@naver.com

ⓒ 지은, 한요 2025

ISBN 979-11-992369-0-5 03810

그 남자의 정원

지은 글 ─ 한요 그림

차례

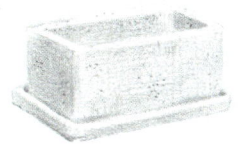

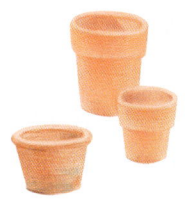

나는 지금

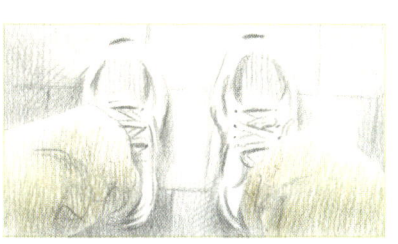

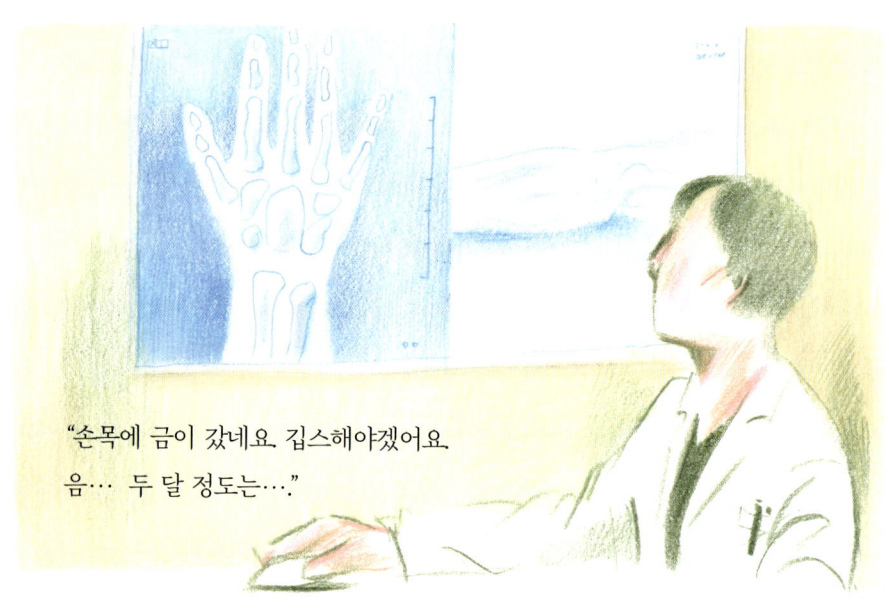

"손목에 금이 갔네요. 깁스해야겠어요.
음… 두 달 정도는….”

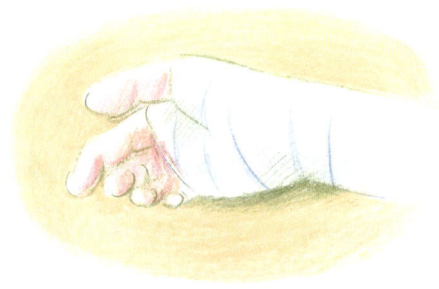

오른쪽 손목은 깁스를 해야 하고
왼쪽 손목도, 금이 가진 않았지만
부었으니 당분간 조심을 해야 한단다.

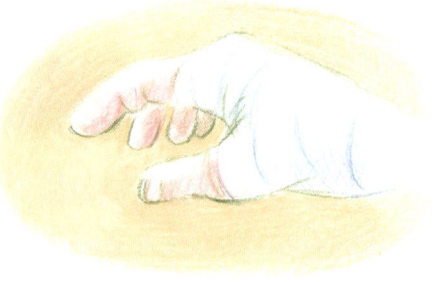

엎친 데 덮친다더니, 딱 그 꼴이다.

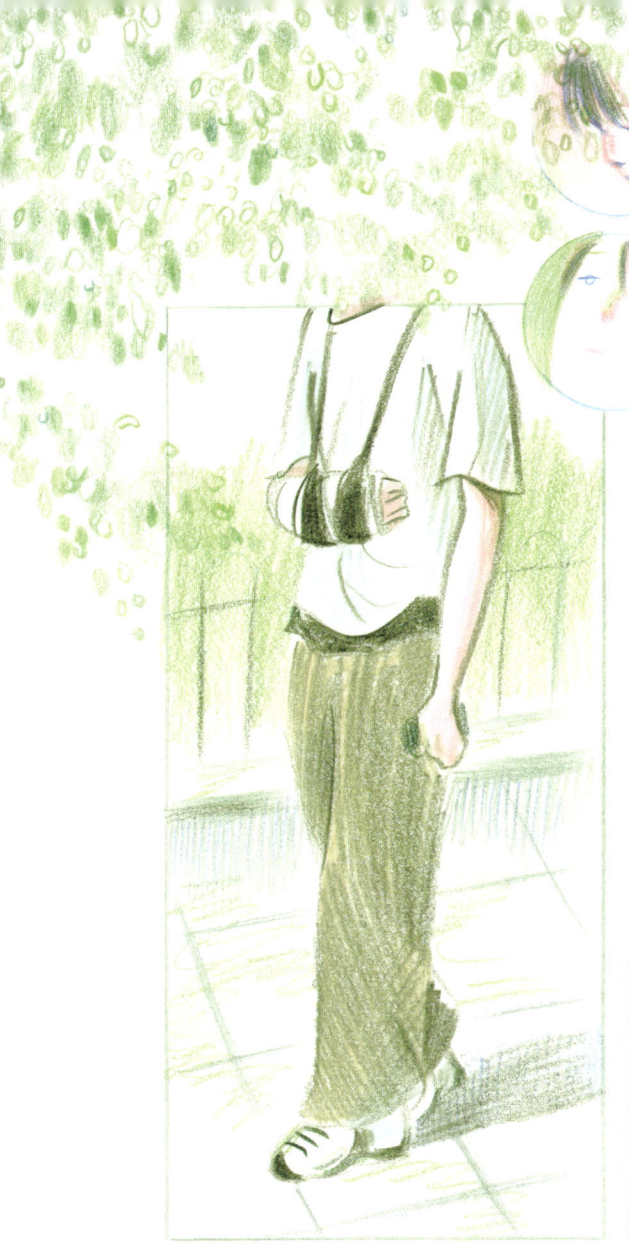

이름: 기동재

나이: 36세

직업: 대한민국에 있어도 그만, 없어도 그만인 소설가

성격: 요즘은 완전 예민, 왕짜증, 우울

가족: 반려견 담담이와 살고 있음. 제주도에 사는 여동생이 있음

지난밤은 거의 잠을
자지 못했다.
온라인 플랫폼에
연재되는 소설의
마지막 회 원고를
보내야 했기 때문이다.

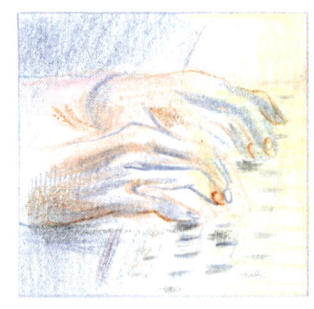

그렇잖아도 마감
날짜가 이틀이나
밀린 터라 새벽까지
애를 쓰고서

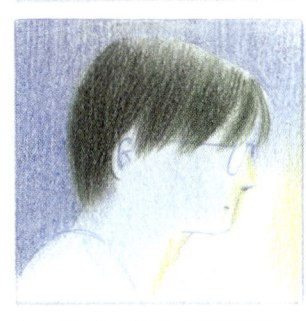
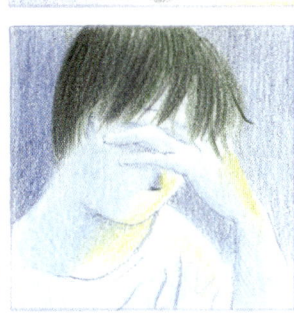
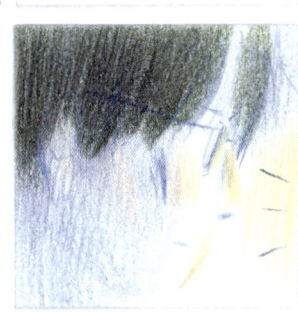

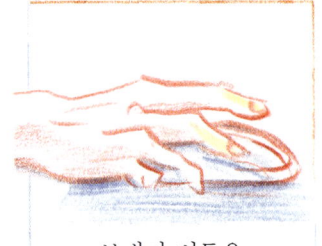

보내기 버튼을

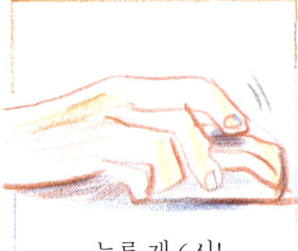

누른 게 6시!

빛을 피해 숨어드는
좀비처럼 곧바로
이불 속으로 파고들긴
했는데… 그것도 잠시,

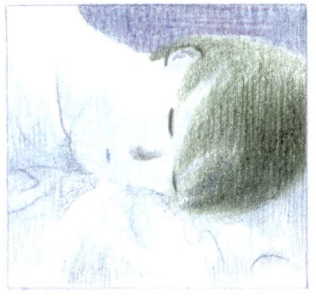

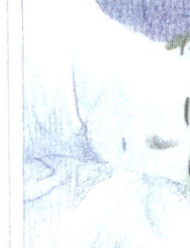

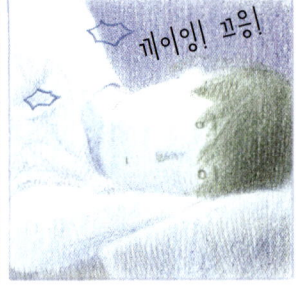

끼이잉! 끄응!

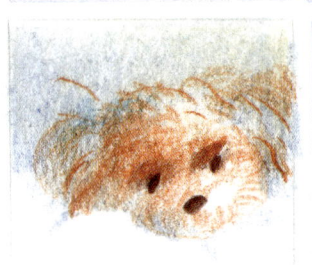

이불을 젖히며 들어오는
담담이 탓에 설핏 들었던
선잠마저 깨고 말았다.

시계를 보니 7시 35분.

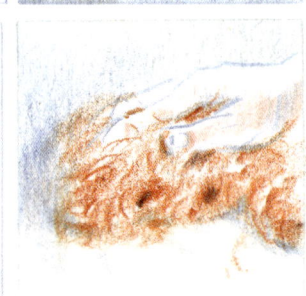

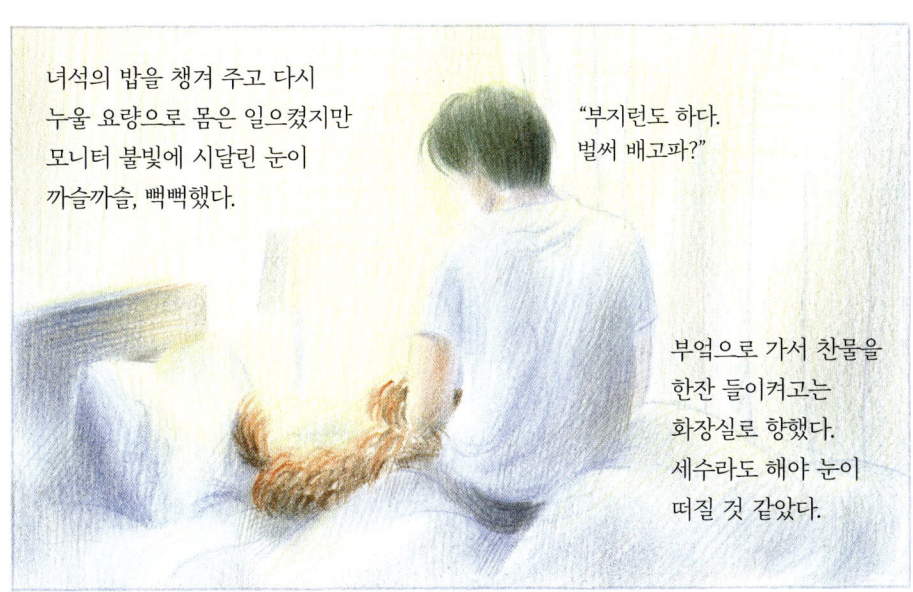

녀석의 밥을 챙겨 주고 다시
누울 요량으로 몸은 일으켰지만
모니터 불빛에 시달린 눈이
까슬까슬, 뻑뻑했다.

"부지런도 하다.
벌써 배고파?"

부엌으로 가서 찬물을
한잔 들이켜고는
화장실로 향했다.
세수라도 해야 눈이
떠질 것 같았다.

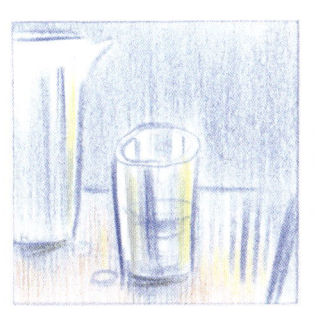
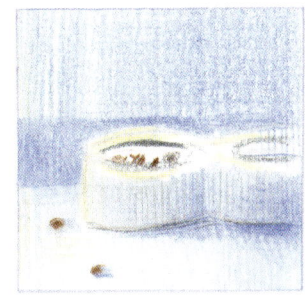
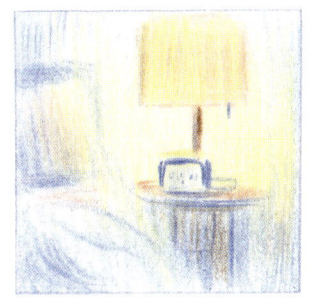

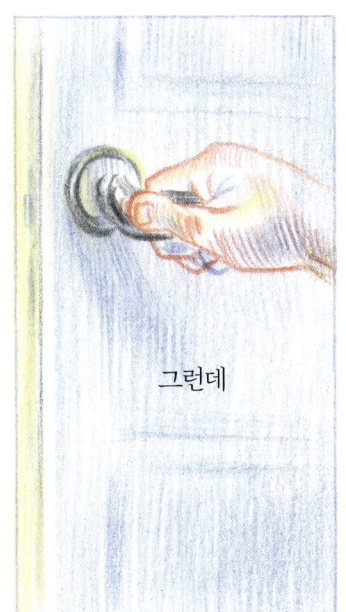

그런데

화장실 바닥에

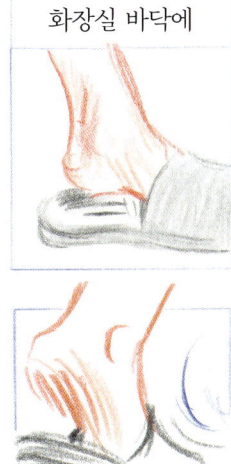

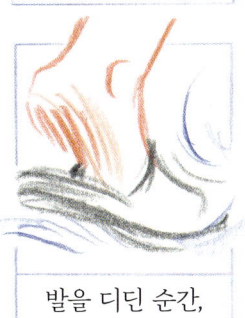

발을 디딘 순간,

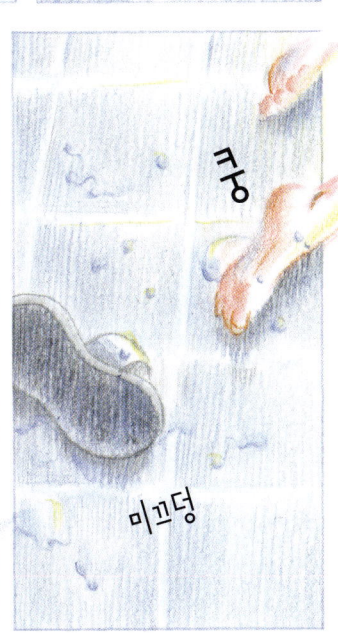

쿵

미끄덩

왼쪽 손목 물리치료를 마친 뒤, 깁스한 오른팔을 어깨 줄로 받치고서
정형외과를 나왔다.
집까지는 걸어서 20분. 평소라면 버스를 탔을 거리지만 걸어가기로 한다.
손목을 쓸 수 없으니 버스 승차는 엄두가 안 나고, 택시를 부르기도 귀찮다.

내 머릿속은 겨울날처럼 우중충한데, 분위기에 안 맞게 봄날의 햇살이
눈부시다. 지난 일 년간 나를 옥죄던 연재소설은 마쳤다지만
그동안 쌓인 스트레스로 내 영혼은 황폐해졌다. 겁도 없이 덜컥 맡은
연재소설은 마치 퇴근 없는 회사 일 같았다고나 할까.
풀리지 않는 이야기를 가슴에 안은 채 일 년 내내 마감 날짜에
시달리다 보니 예민할 대로 예민해졌고, 정작 심혈을 기울여서 3년이나
준비해 오던 장편은 연재에 밀려 맥락을 놓치고 말았다.
그뿐 아니다. 내 예민증에 시달리던 J로부터 급기야 가슴 철렁하는
문자까지 받고 말았다.
[우리, 시간 좀 갖자. 연락하지 마.]
고작 일 년! 그것도 못 참아 주나. 우리가 만난 햇수가 얼만데….
투정이라도 부려 볼 만했지만 그럴 수 없다. 고작 일 년이 아니란 걸
알기 때문이다.

나는 소설가다. 20대 후반이란 비교적 이른 나이에 등단을 했는데,
당시엔 내 소설이 날개 달린 듯 팔려 나가며 베스트셀러 작가가
될 줄 알았다. 하지만 그게 착각이란 걸 깨닫는 데는 그리 오랜 시간이 걸리지
않았고, 두 번째 소설조차 별 반응이 없단 걸 확인한 순간 맥이 탁 풀렸다.
그래도 나름 안간힘을 쓰며 버틴 세월이 8년!
하지만 아직도 이렇다 할 작품을 내놓지 못하고 있다. 마음이 조급하다 보니
자꾸 헛발질을 하게 되고, 헛된 기대에 지쳐 가며 예민해진다.
그 시간을 내내 함께 버텨 준 J다. 그런 그녀가 시간을 갖자고 한다.
확실한 이별 시그널이다.

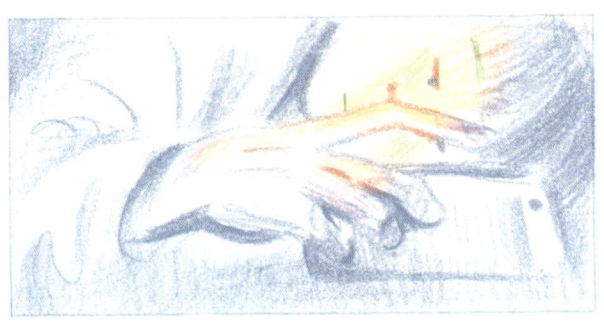

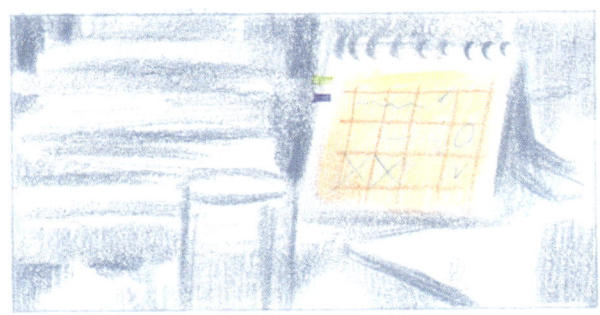

그 문자를 받고도 연재소설을 마무리해야 하는 지난밤은 지옥이었다.
그런데 눈을 뜨자마자 또 헛발질이라니!
난 왜 이 모양일까. 어떡해야 할까. 3년이나 준비하고 있는 장편도 이젠
더 미룰 수가 없다. 올해 안엔 완성해서 출판사에 보내야 한다.
편집자로부터 곧 전화가 올 것이다. 하지만 손이 이 모양이니 어쩐단 말인가.
J는 어떻게 해야 할까. 시간을 가지자고? 이대로?

20분 거리를 넉 놓고 걷다 보니 30분 넘게 걸렸다.
집에 들어서자마자 담담이가 낑낑거린다. 한숨부터 나온다.
당장 담담이 목욕과 산책은 어쩌나.
핸드폰 버튼조차 누르기 힘든 왼손이지만 어찌저찌하면
밥은 줄 수 있을 것 같다.
하지만 목욕과 산책은 불가능하다. 도와줄 사람을 찾아야 한다.
급한 대로 주변 사람들을 떠올려 본다.

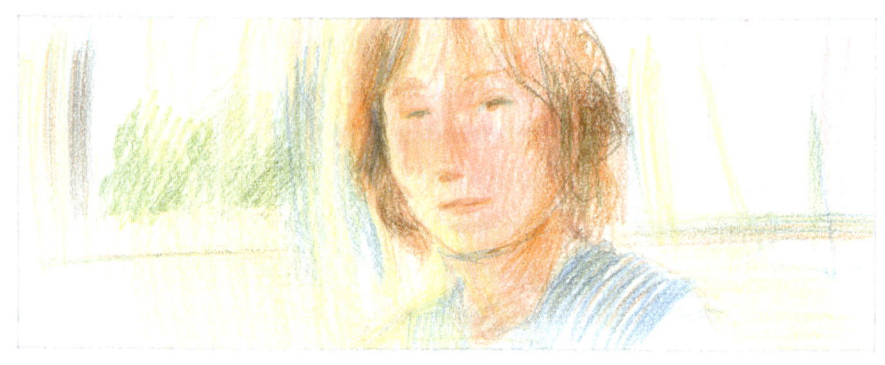

엄마. 습관처럼 가장 먼저 엄마를 떠올렸다. 미쳤구나!
천국에서 오실 리 없잖은가. 6개월 전에 돌아가셨으니까.

여동생. 제주에 산다. 비행기를 타고 와 줄 리 없다.

친구 덕수. 뻔하다. "내 집 청소도 못 하고 살거든."

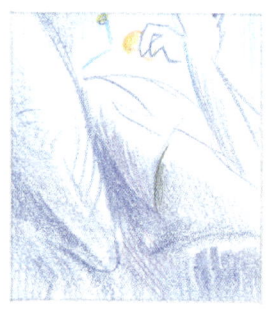
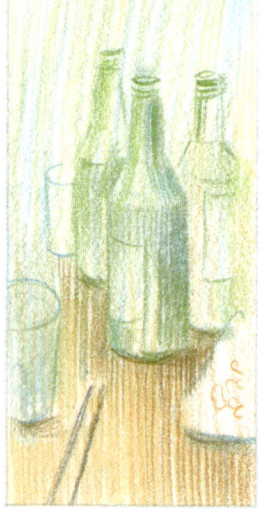

소설가 친구 재운. 바로 달려와 주긴 할 거다.
하지만 내가 술 시중 드는 날이 더 많을 거다.

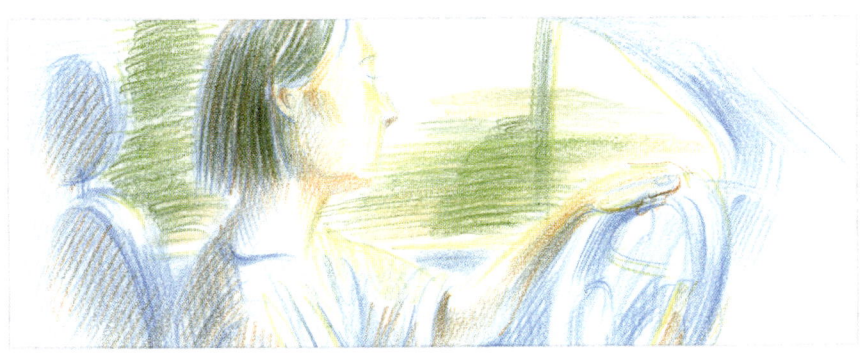

가슴이 답답해 온다. 짜증이 밀려온다.
으으으….
모든 것들이 머릿속에서 마구 엉키는 느낌이다.
어떡하지. 어떡하지.

팟! 순간 머릿속이 화끈했다.
엉킨 회로들이 일제히 터져 버린 느낌!
눈앞이 캄캄해지며 온몸에서 힘이 쭉 빠졌다.
문득 한 단어가 떠올랐다. 번아웃.

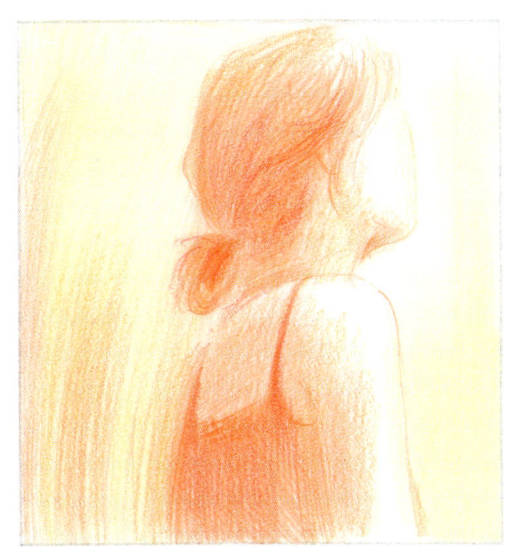

그래, 나는 지칠 대로 지쳤다.

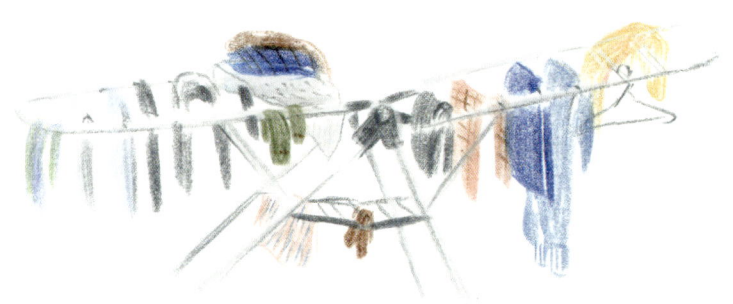

도우미 할머니

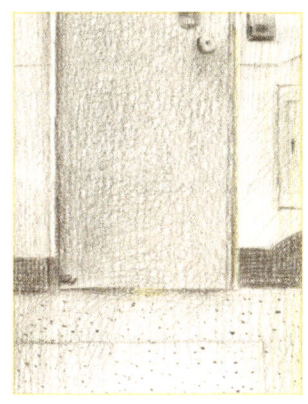

침대 위나 소파에 껌딱지처럼 눌어붙었다. 아침이 오면 오나 보다,
해가 지면 지나 보다 한다. 끼니는 두유나 배달 음식으로 때우고
담담이 끼니만 간신히 챙겨 준다. 목욕을 못 한 지 오래된
담담이 꼴도 말이 아니다.

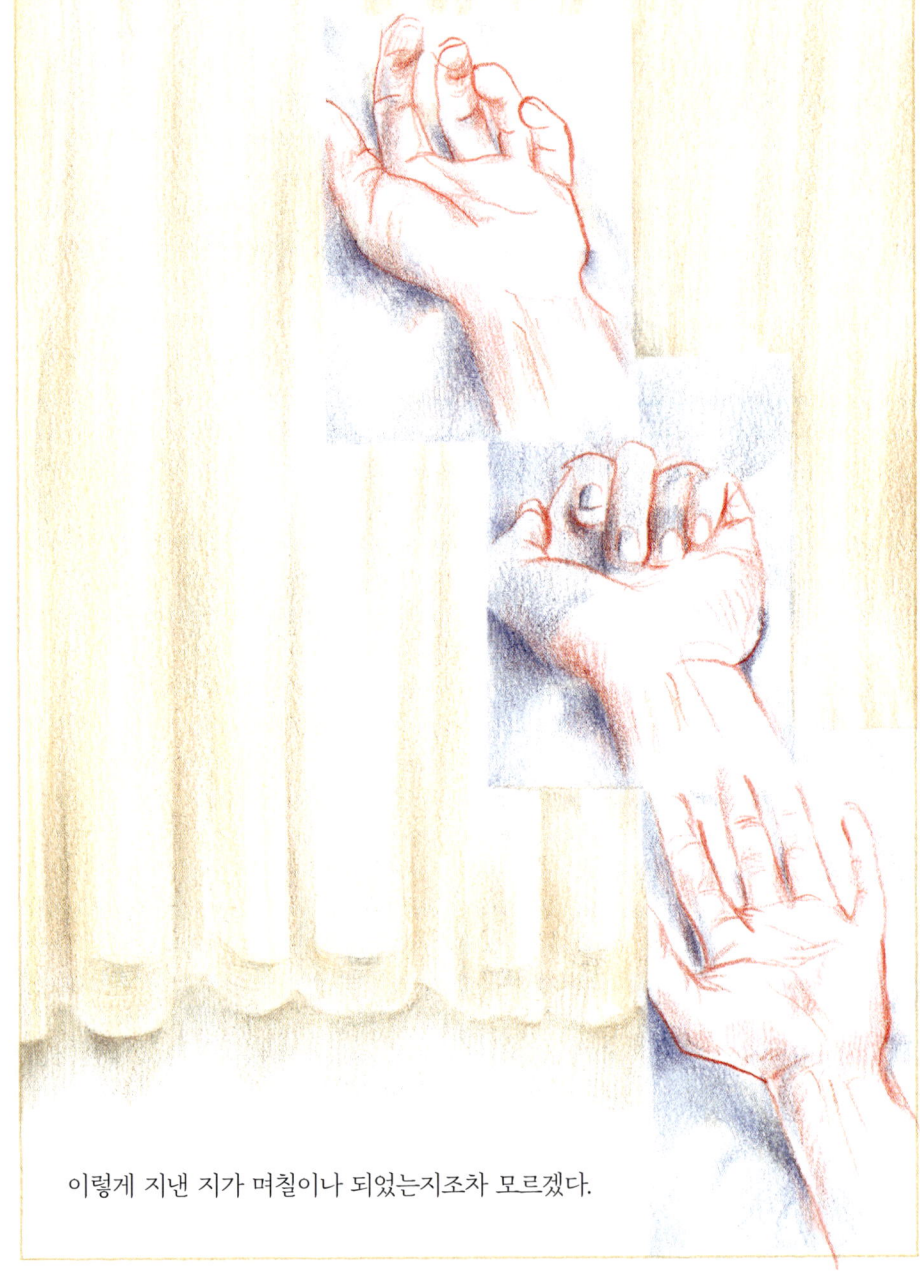

이렇게 지낸 지가 며칠이나 되었는지조차 모르겠다.

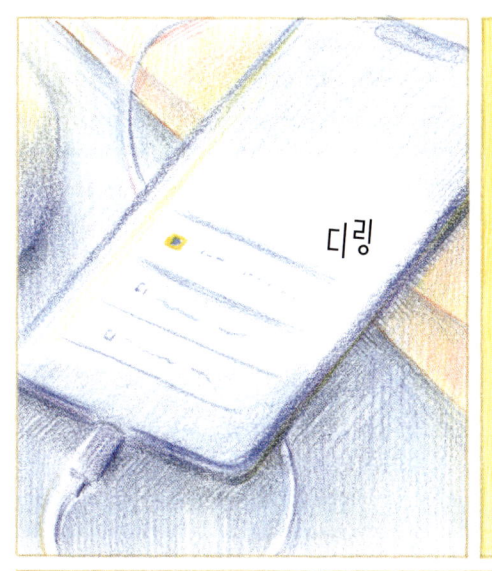

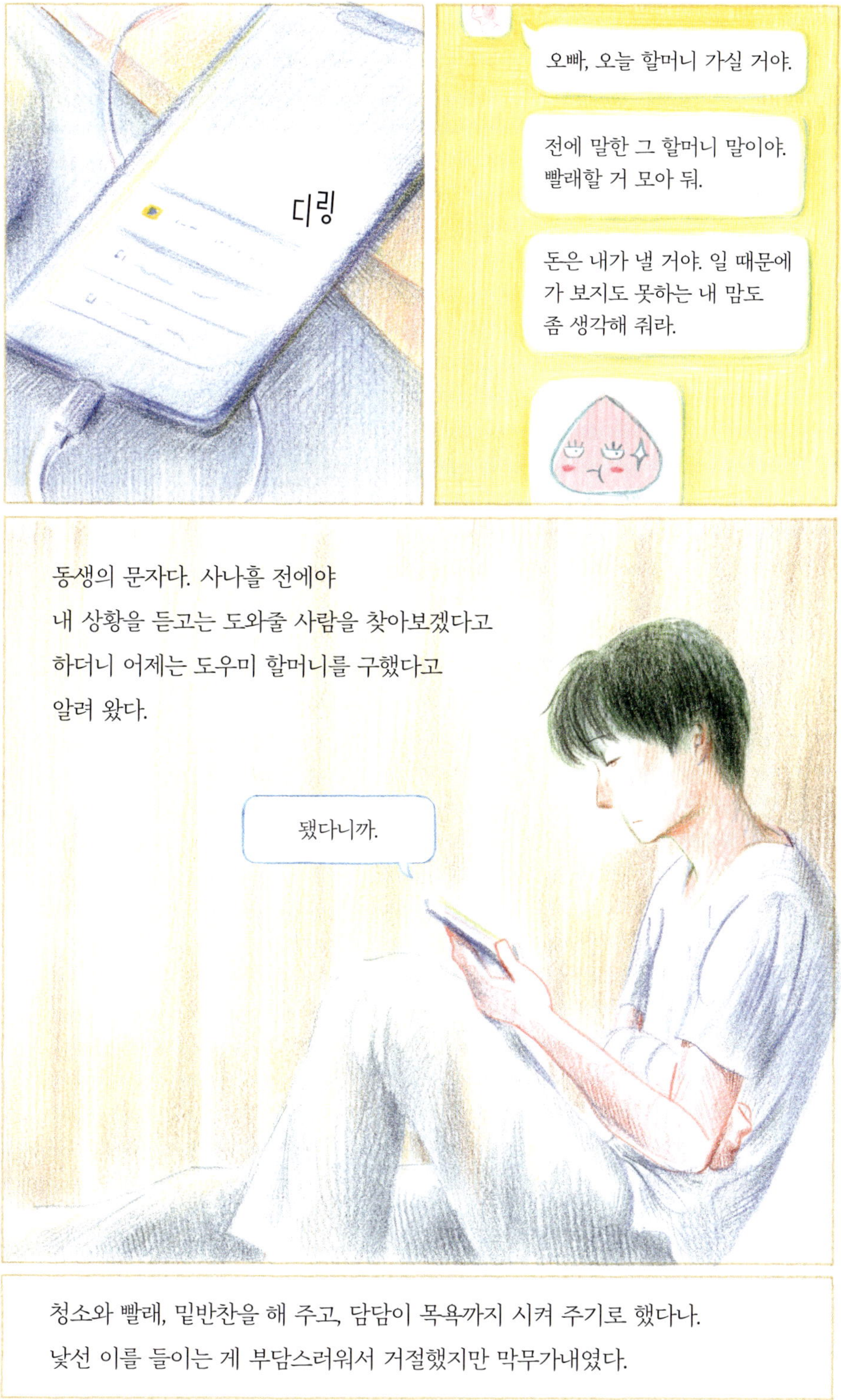

디링

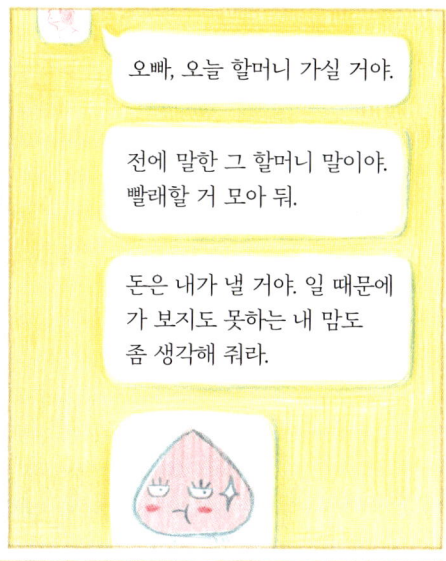

오빠, 오늘 할머니 가실 거야.

전에 말한 그 할머니 말이야.
빨래할 거 모아 둬.

돈은 내가 낼 거야. 일 때문에
가 보지도 못하는 내 맘도
좀 생각해 줘라.

동생의 문자다. 사나흘 전에야
내 상황을 듣고는 도와줄 사람을 찾아보겠다고
하더니 어제는 도우미 할머니를 구했다고
알려 왔다.

됐다니까.

청소와 빨래, 밑반찬을 해 주고, 담담이 목욕까지 시켜 주기로 했다나.
낯선 이를 들이는 게 부담스러워서 거절했지만 막무가내였다.

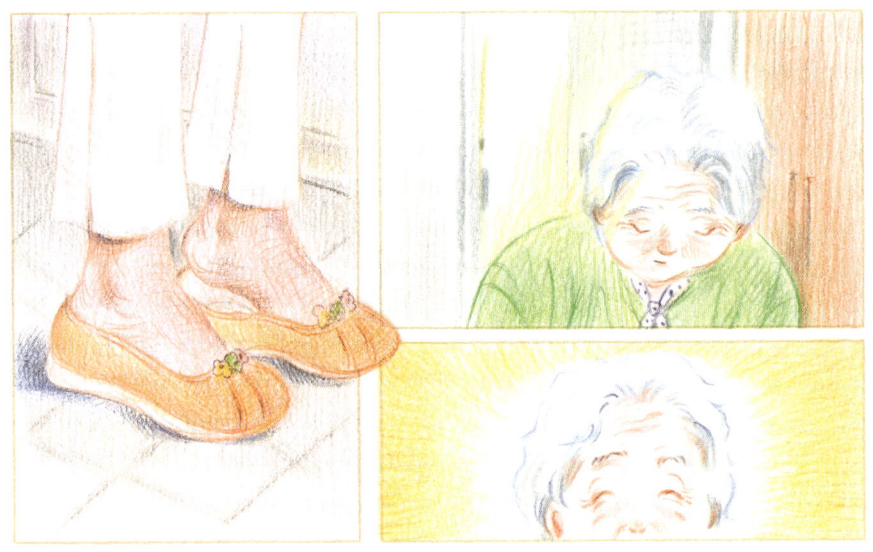

딩동!

왔나 보다. 문을 열자 하얀 파마머리가 햇살을 받아 반짝였다.

아담한 체구의 할머니가 나를 보며 웃는다.

"안녕하세요?"

연둣빛 가디건이 화사하다. 목소리는 그보다 더 환하다.

며칠이나 인기척 없이 지낸 터라 구름처럼 방방 뜬 할머니 목소리가

낯설고 어색했다. 나도 몰래 슬몃슬몃 뒷걸음질을 쳤다.

"멍! 멍!"

나 대신 손님을 반긴 건 담담이였다.

"아휴! 귀여워라. 네가 담담이구나. 오늘은 시원하게 목욕시켜 주마."

꾀죄죄한 담담이를 살피는 할머니의 눈길이 따스하다.

"월, 수, 금, 이렇게 올게요. 괜찮죠?"

세 번이나? 그럴 필요가 없다 싶어 '아니'라고 말하려는데 할머니가

성큼 거실로 들어서며 가방을 척 내려놓는다.

"햇살이 참 잘 드네. 집 기운이 좋아요. 청소랑 빨래부터 할 테니

걱정 말고 쉬어요. 팔이 몹시 불편하겠어요."

할머니는 곧장 수북한 빨래통을 번쩍 들고서 세탁실로 갔다.

웅! 웅! 세탁기 돌아가는 소리가 들려왔다. 너무 오랜만에 듣는

시끄런 소리에 나도 몰래 흠칫했다. 집 안 공기조차 그 소리에 놀란 듯

부르르 떤다. 멈춰 있던 공기가 빙글빙글 돌아가는 느낌이다.

뒤이어 청소기도 윙윙 소리를 내며 바쁘게 돌아가기 시작했다.

누구보다 신이 난 건 담담이다. 오래전부터 알던 사람인 양

할머니 뒤를 쫄랑쫄랑 따르며 분주를 떤다.

"담담아, 밑반찬까지 만들고 나서 목욕시켜 줄게."

뭔가 북적북적… 꿈틀꿈틀…. 불편하다.

쿵, 문을 닫고 방으로 들어와 버렸다.

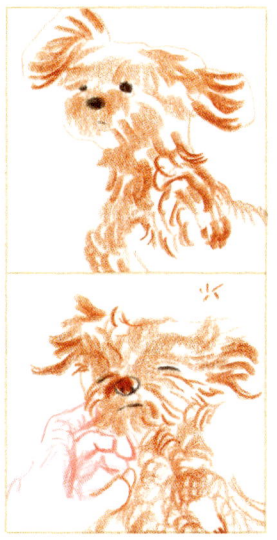

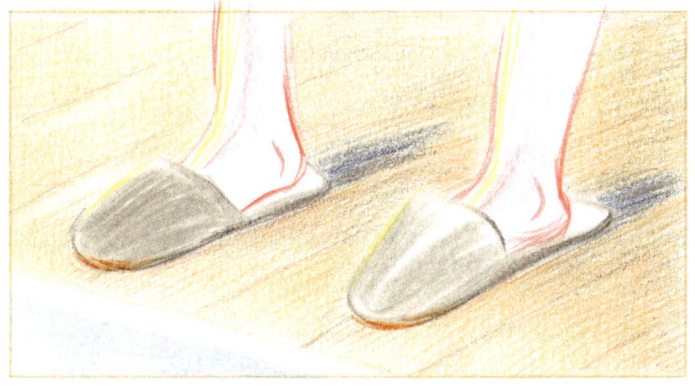

얼마나 지났을까. 똑똑! 문을 두드리는 소리에 벌떡 일어나 문을 열었다.
할머니가 물조리개를 들고 서 있다.
"화분에 물 줘도 되죠? 흙이 바싹 말라서."
아! 잊고 있었다, 베란다에 놓아둔 화초들을.
그제야 베란다가 눈에 들어왔다.

가지는 비실비실, 잎은 부석부석, 꼬락서니가 말이 아니다.
가져다 놓기만 하고 거의 돌보지 못했다. 어쩌다 눈에 띄면
찔끔 물을 줬던 터라 바싹 말라서 비틀어질 지경이다.
"괜찮아요. 어차피 시들어서 다 버려야 해요."

내 말에 할머니는 눈을 희번덕이며 고개를 저었다.
"아이쿠! 안 되지, 살아 있는 걸. 내가 물을 줘 볼 테니 좀 지켜봐요.
어차피 그 손으론 버릴 수도 없을 테니."
할머니는 말릴 틈도 없이 잽싸게 베란다로 나가 화분에 물을 준다.
졸졸졸!

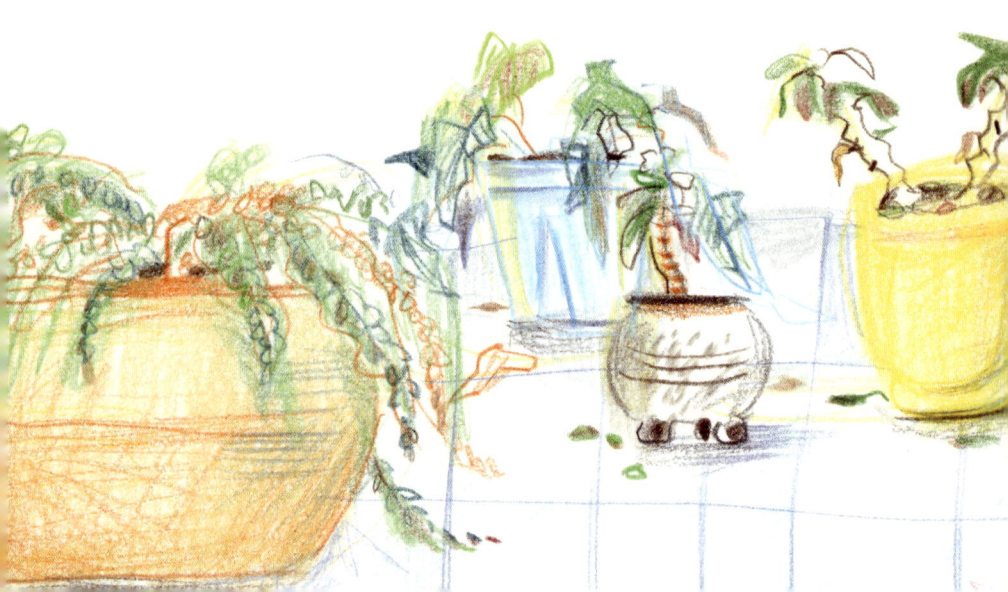

물 떨어지는 소리가 이어진다.

멍하니 할머니를 본다. 짜증스럽지만 짜증을 낼 의욕도 없다.

연둣빛 가디건을 입고서 물조리개를 든 모습이 낯설지 않다.

가끔 집에 가면 엄마도 꼭 저런 모습으로 정원을 돌보곤 했다.

어쩐지 가슴이 뭉클하다.

또 불편해진다.

고개를 돌리려는데 할머니가 소리쳤다.

"와, 토분이 많네요!"

구석에 포개 놓은 토분들을 봤나 보다. 엄마의 토분들을.

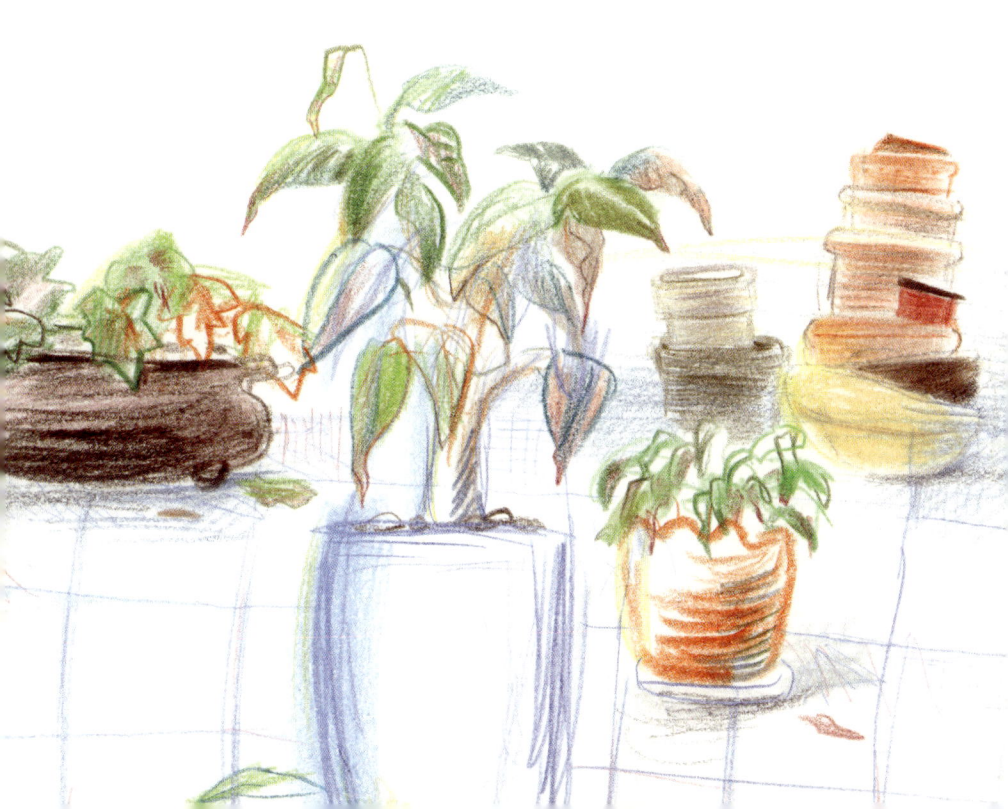

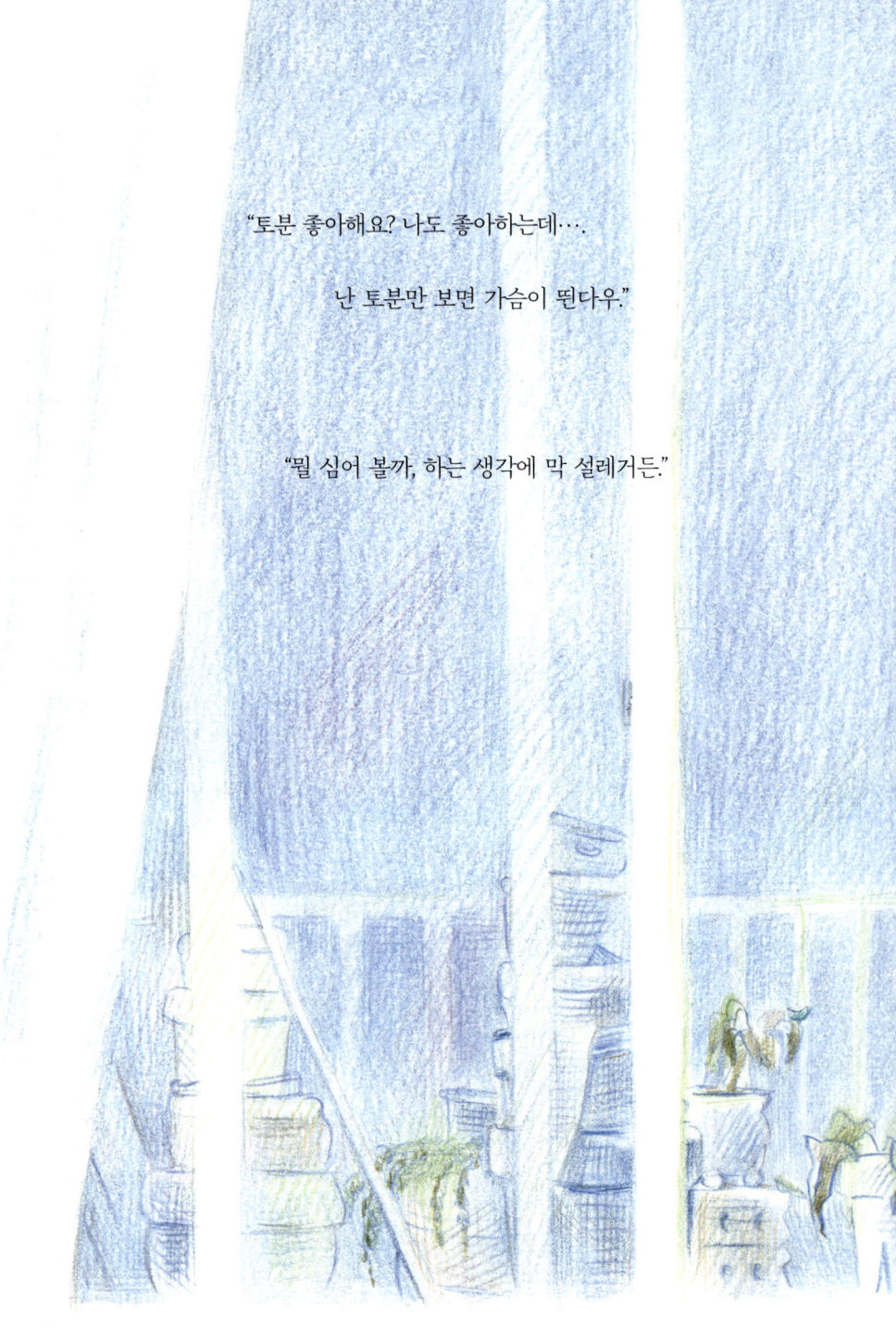

"토분 좋아해요? 나도 좋아하는데….

난 토분만 보면 가슴이 뛴다우."

"뭘 심어 볼까, 하는 생각에 막 설레거든."

대꾸는 필요없다는 듯, 할머니의 명랑한 수다가 이어졌다.

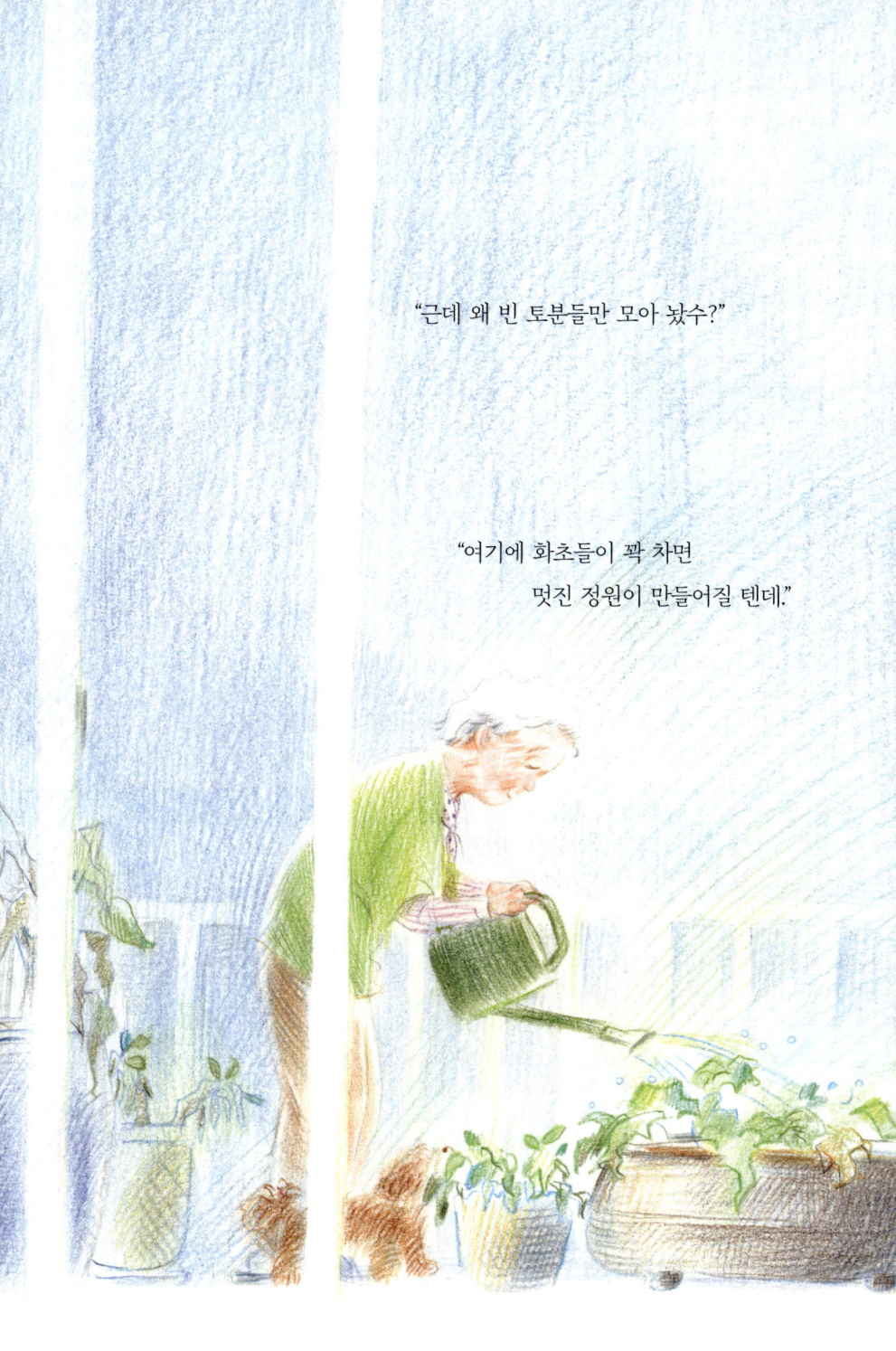

"근데 왜 빈 토분들만 모아 놨수?"

"여기에 화초들이 꽉 차면
　　멋진 정원이 만들어질 텐데."

멋진 정원이라는 말이 낯설었다.

가드닝의 시작, 화분 고르기

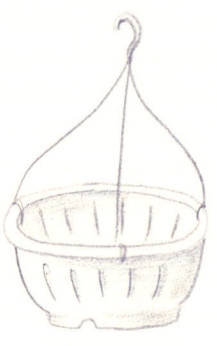

플라스틱 화분 통기성이 약하지만
가벼워서 좋다. 대형 화분이나 공중에
걸어야 하는 행잉 화분은 대부분 플라스틱이다.

토분 말 그대로 흙으로 만든 화분이다. 유약을 입히지 않은 토분은
통기성이 좋아 실내 가드닝에 가장 적합한데, 장마철과 물이
잘 마르지 않는 겨울철엔 그 위력을 확실히 느낄 수 있다.
흰 얼룩이 지는 백화현상은 감수해야 하는 단점!
하지만 백화현상도 자연스런 변화로 받아들이면 예스럽고 멋스럽다.
유약을 입힌 토분도 있는데, 과습에 강한 화초를 심으면 효과적이다.
이탈리아 토분이나 독일 토분은 보통 유약 처리가 되어 있다.

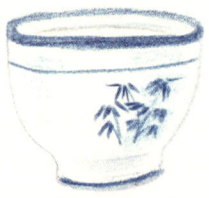

도자기 화분 토분에 비해 통기성이 훨씬 낮다.
물을 좋아하는 애니시다, 율마, 아디안텀 등을
심는 게 좋다.

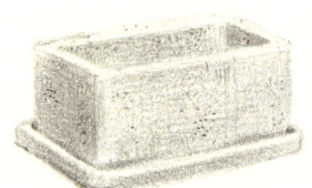

시멘트 화분 세련된 생김새로 인테리어 효과가
크다. 하지만 토분보다 통기성이 낮아
과습에 강한 화초를 심는 게 좋다.

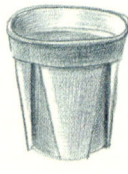

슬릿분 바닥에만 구멍이 뚫린 일반 플라스틱 화분과 달리 화분 몸통 부분까지
가늘고 긴 구멍을 내 산소 공급이 원활해지도록 만들었다. 플라스틱 화분의 단점을
보완한 화분으로, 가볍고 색상도 다양해서 최근에 인기가 높다.

제
라
늄

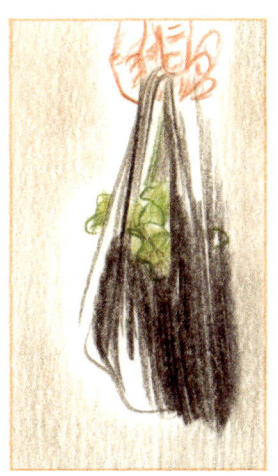

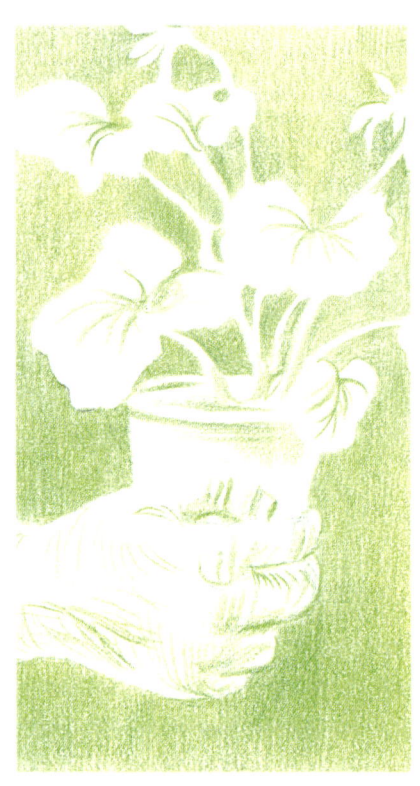

딩동!
다음 방문 날엔 할머니의 손에 핑크빛 꽃봉오리가 조롱조롱 달린
식물이 들려 있었다.
"제라늄이에요. 집에서 키우던 건데 너무 예뻐서 하나 들고 왔지.
저기 토분에 옮겨 심으면 참 예쁘겠죠?"
"아… 아뇨."
당황한 난 손사래를 쳤다. 있는 화초도 말려 죽일 판인데
무얼 더 들인단 말인가.
"그냥 가져가세요."
"예? 가져가라고요?"
할머니의 눈이 놀란 토끼처럼 동그래졌다. 낭패한 마음이 눈 안에 가득하다.
조금 있으려니 눈망울마저 그렁그렁…. 당황스럽다. 내가 너무 심했나?

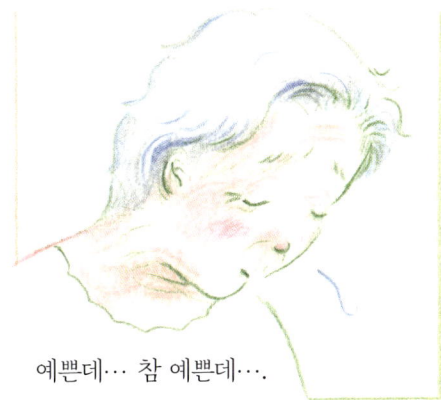

예쁜데… 참 예쁜데….

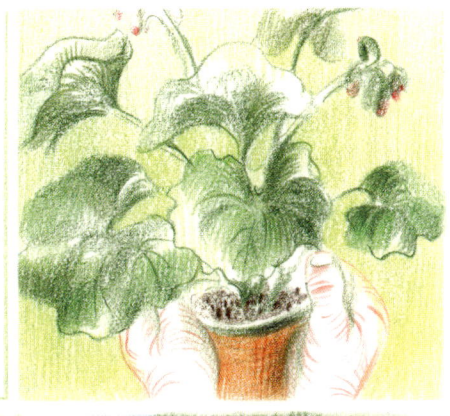

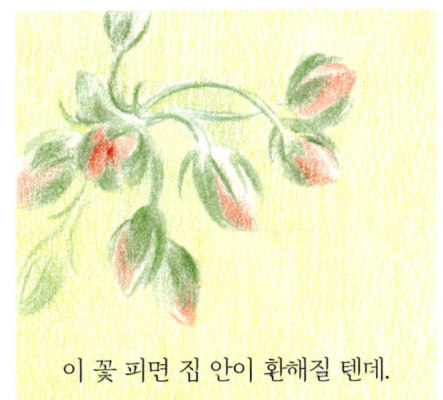

이 꽃 피면 집 안이 환해질 텐데.

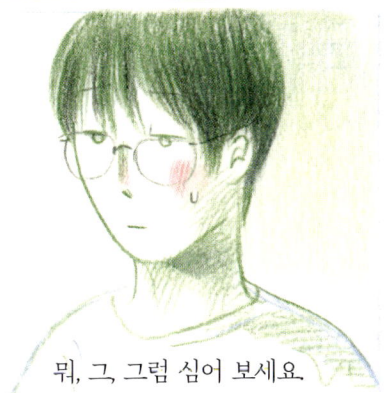

뭐, 그, 그럼 심어 보세요.

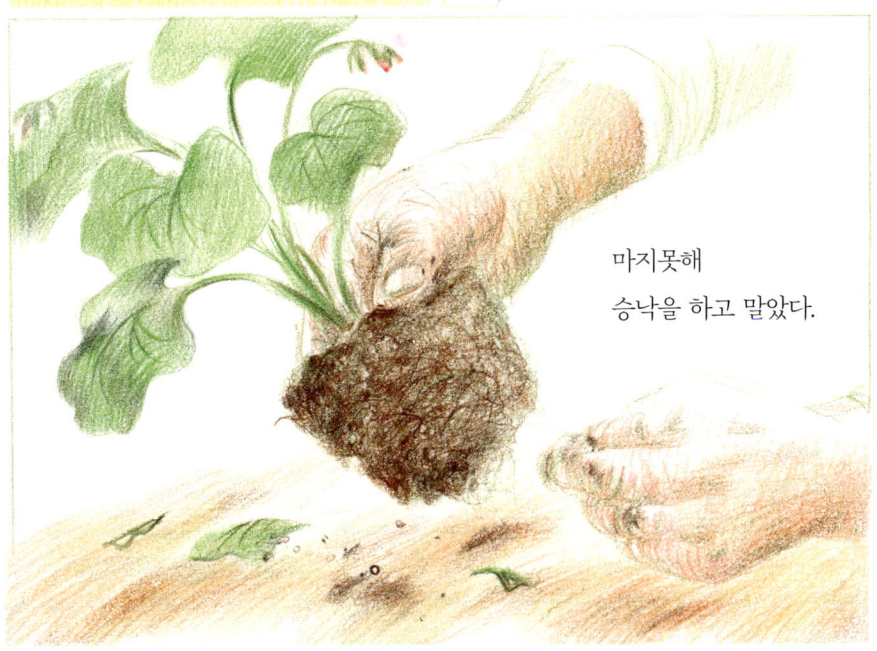

마지못해
승낙을 하고 말았다.

풀이 죽었던 할머니는 언제 그랬냐는 듯 재빠르게 베란다로
달려가 작은 토분에 제라늄을 심었고, 그 뒤로도 대여섯 개의
제라늄이 우리 집 베란다로 더 들어왔다.

그리고 오늘, 할머니가 맨 처음 들고 왔던 제라늄이
꽃봉오리를 터트렸다.
"어머나! 봉오리가 터졌네. 이거 봐요, 예쁘잖아."
할머니의 웃음도 활짝 터졌다.
사실 봉긋 올라온 꽃봉오리가 좀처럼 터지지 않아
살짝 감질이 나던 참이었다.
반가이 맞이한 식물이 아니었는데도 터질 듯 말 듯 애를 태우는
꽃봉오리가 괜스레 신경 쓰였다. 그 애가 드디어 꽃을 활짝 피운 거다.
할머니의 말에 쪼르르 달려가는 담담이를 따라
못 이기는 척 다가가 본다.
어라? 꽃봉오리를 다물었을 땐 핑크였는데, 꽃을 활짝 피우니
속잎은 흰색이다. 반전 매력!

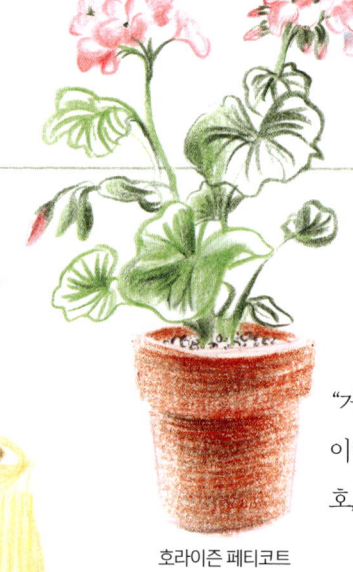

"거봐요, 집 안이 환해졌잖수. 이 애가
이런 능력이 있거든. 이름이
호, 호라이 뭐랬는데."

호라이즌 페티코트

꽃기린

사실 좀 놀랐다. 상상한 것보다 훨씬 예뻐서다.
정말 하얀 꽃 몇 송이가 칙칙한 베란다를
환하게 밝혀 주는 듯하다.

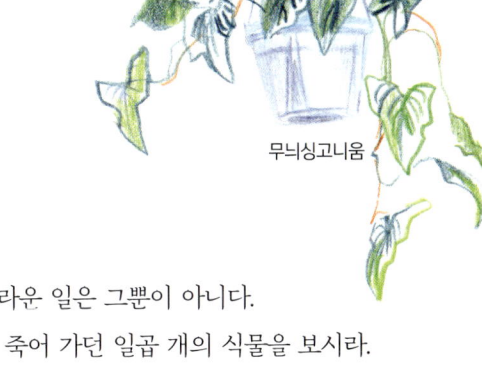

무늬싱고니움

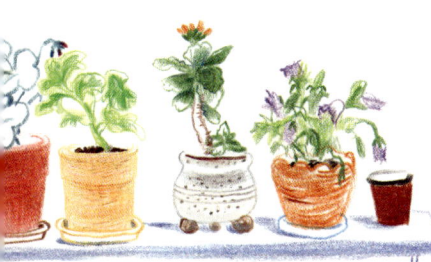

조날계 제라늄   칼랑코에   캄파눌라

놀라운 일은 그뿐이 아니다.
다 죽어 가던 일곱 개의 식물을 보시라.

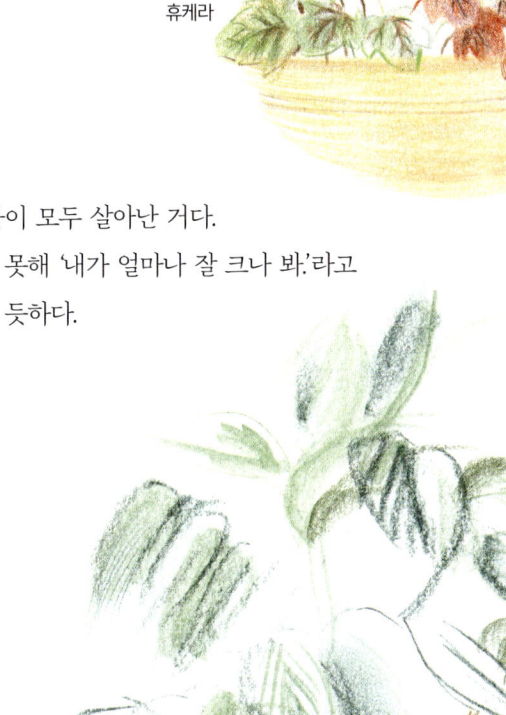

휴케라

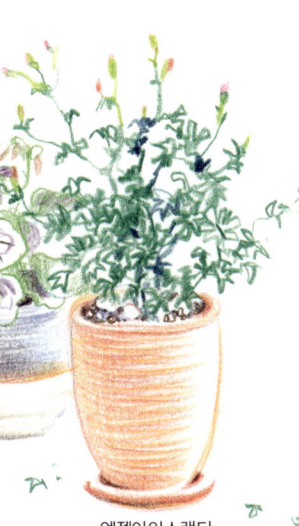

저 아이들이 모두 살아난 거다.
살아나다 못해 '내가 얼마나 잘 크나 봐.'라고
소리치는 듯하다.

엔젤아이스랜디

보스턴고사리

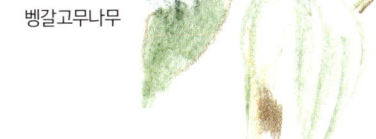

벵갈고무나무

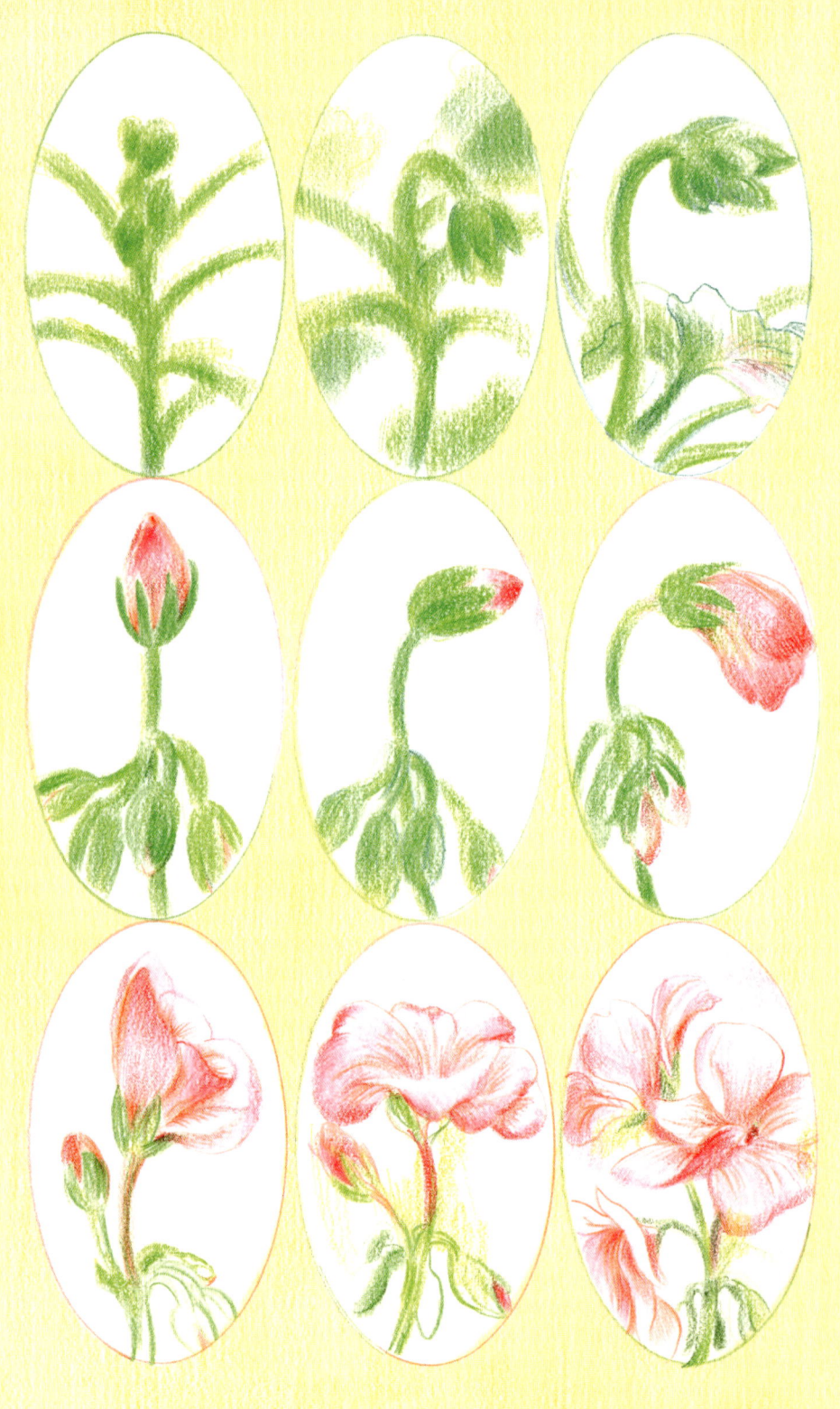

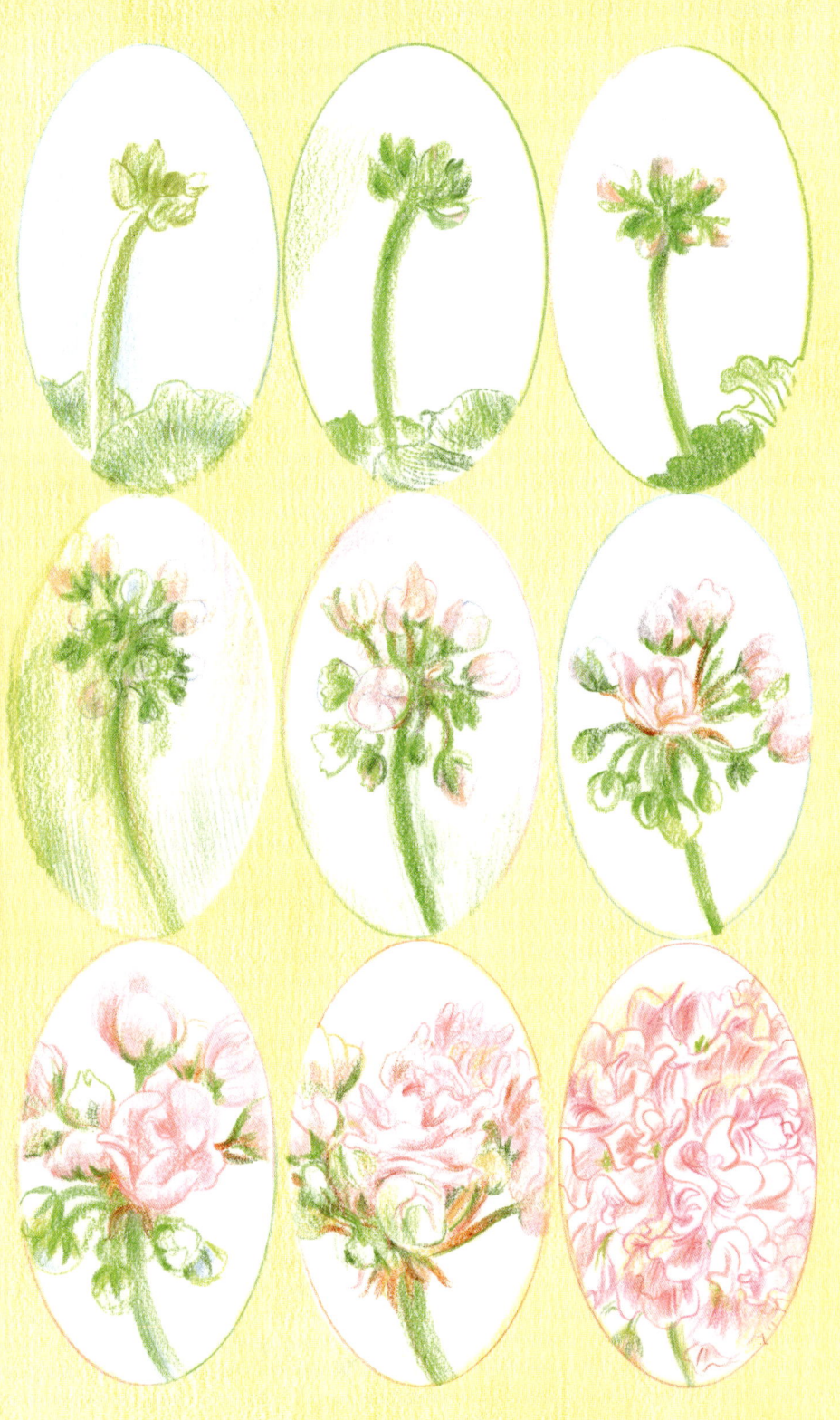

조날계 제라늄
둥근 잎에 보통 발굽 모양 무늬가 있다. 가장 흔한 종류로 번식이 쉽고,
햇살이 잘 드는 곳에서는 사계절 내내 꽃을 피운다. 꽃잎에 따라 홑꽃과
겹꽃이 있다. 잎이 화려한 팬시리프 계열도 여기에 속한다.
불스아이 살몬, 데니스, 린다핑크, 화이트링, 엑스칼리버, 매그너스 등이 있다.

불스아이 살몬

화이트링

엑스칼리버

제라늄(펠라고늄)

우리가 보통 제라늄으로 부르는 식물의 학명은 펠라고늄(Pelargonium)이다.
제라늄과 펠라고늄은 비슷해 보여도 다른 식물인데, 언제부턴가 그냥 제라늄으로
통칭하고 있다. 제라늄은 식물 집사들에게 큰 사랑을 받는 식물 중 하나로
다양한 색과 모양의 매력에 빠지면 헤어나기가 쉽지 않다. 환경만 맞으면 사계절 내내
아름다운 꽃을 보여 주는 점도 매력이다. 또 제라늄은 독특한 향을 가지고 있어
벌레도 잘 생기지 않는 편이니 실내에서 키우기엔 더없이 좋다.
제라늄에는 여러 종류가 있다.
제라늄 마니아 가드너들은 흔히 잎 모양에 따라 조날계, 리갈계, 아이비계로 구분한다.

주의할 점! 제라늄은 건조에 강하고 과습에 약하다.
습한 장마철에 물을 잘못 주면 물러 버릴 수 있으니 주의!

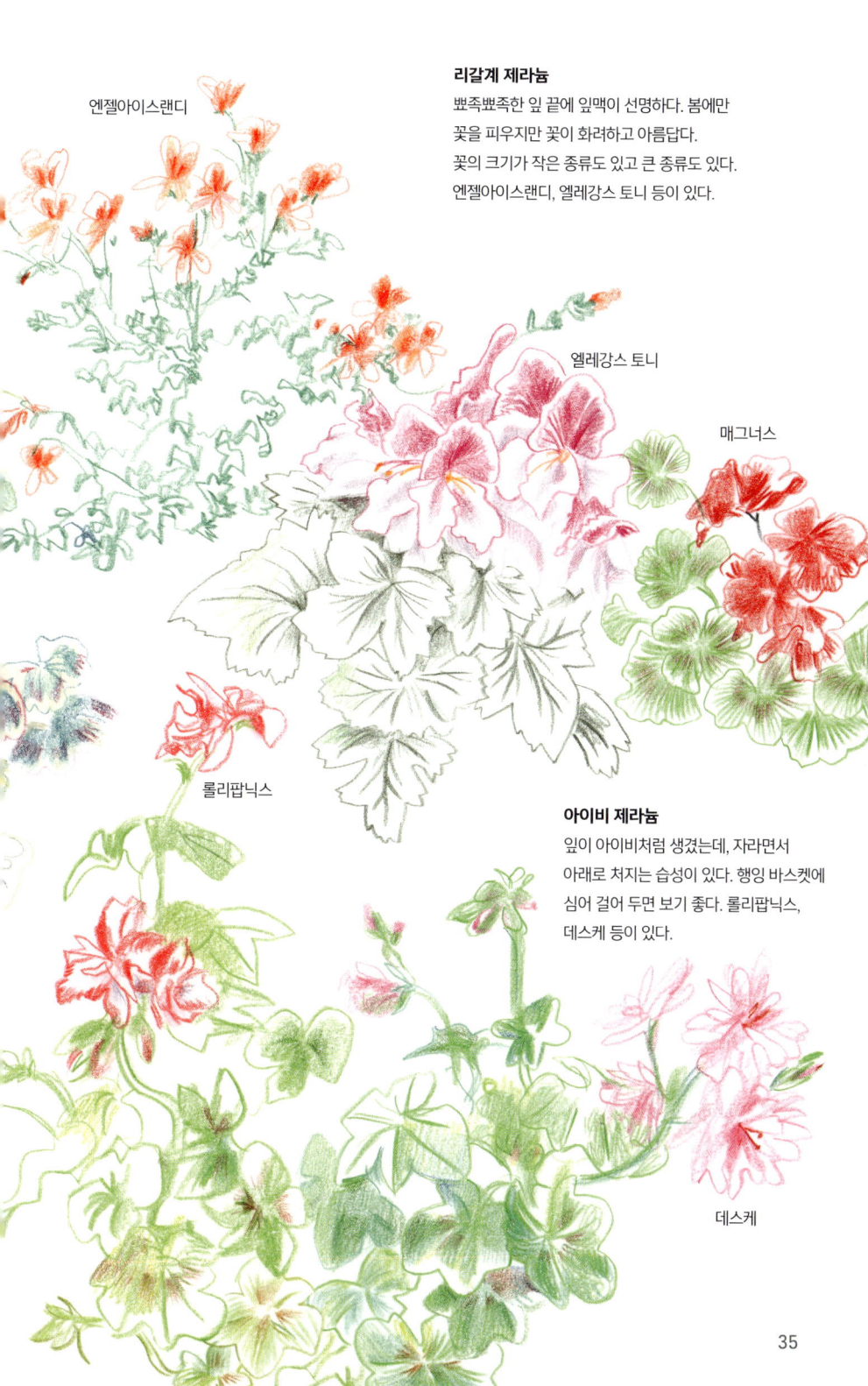

엔젤아이스랜디

리갈계 제라늄
뾰족뾰족한 잎 끝에 잎맥이 선명하다. 봄에만
꽃을 피우지만 꽃이 화려하고 아름답다.
꽃의 크기가 작은 종류도 있고 큰 종류도 있다.
엔젤아이스랜디, 엘레강스 토니 등이 있다.

엘레강스 토니

매그너스

롤리팝닉스

아이비 제라늄
잎이 아이비처럼 생겼는데, 자라면서
아래로 처지는 습성이 있다. 행잉 바스켓에
심어 걸어 두면 보기 좋다. 롤리팝닉스,
데스케 등이 있다.

데스케

이 할머니, 보통 분이 아닌 것 같다.
손만 뻗으면 식물을 살리는 특별한
능력이 있는 걸까? 혹시 가드닝계의 금손?

이
상
하
다

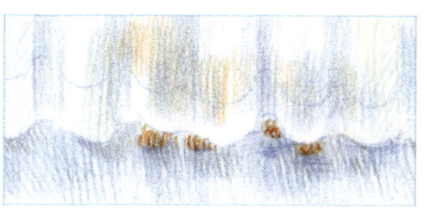

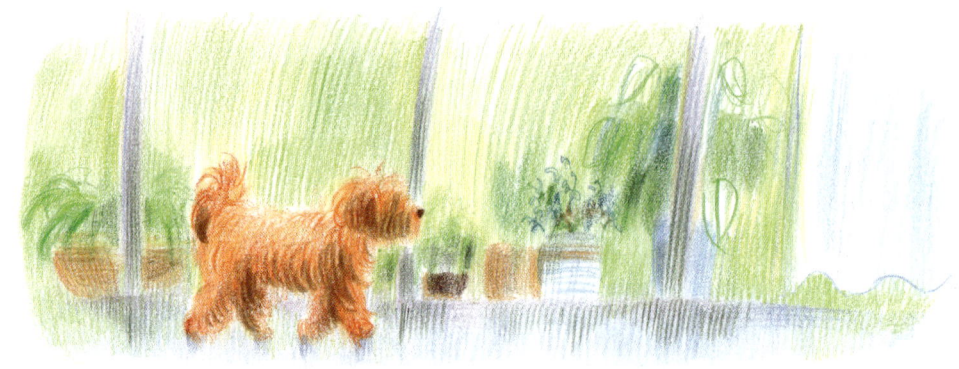

이상하다. 집 안 분위기가 달라지고 있다.

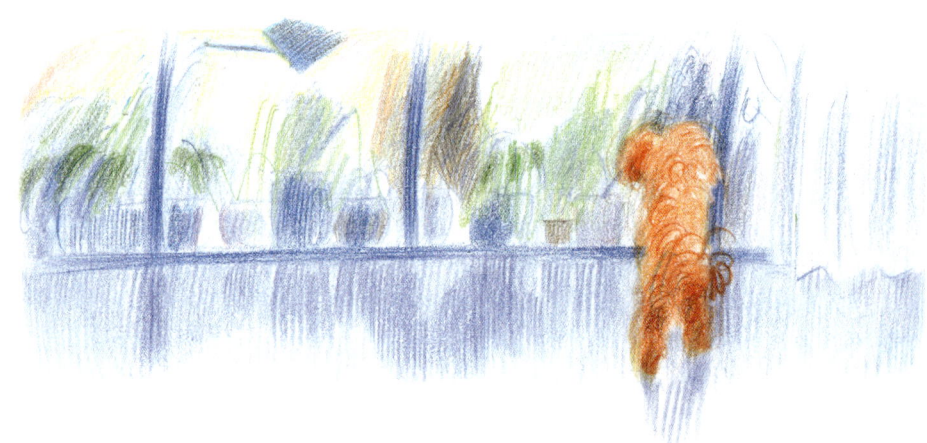

꾸물꾸물 뭔가 움직이는 것 같고, 살랑살랑 상큼한 것이 불어오는 것도 같다.

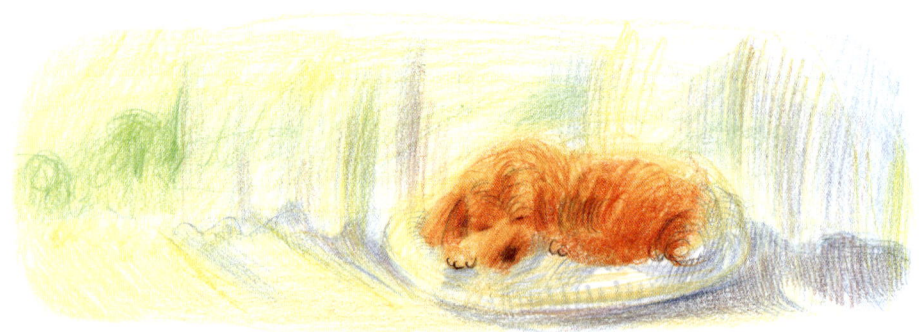

할머니가 온 뒤부터다.

나를 닮아가는 듯 나날이 우울해하던 담담이의 표정이 밝아지고
발걸음도 촐랑촐랑 경쾌해지고 있다.
할머니가 오는 날이면 귀신 같이 알고 현관 앞에서
망부석이 되어 기다린다.

그래도 여전히 변하지 않는 건 내 먹성이다.
냉장고를 연 할머니가 미간을 찡그리며 걱정한다.
"밑반찬이 그대로네. 대체 뭘 먹고 살아요? 반찬이 입에 안 맞나?"
"아, 아니에요. 워낙 적게 먹는 게 습관이 돼서…."

입맛이 없다. 입안이 까끌까끌해서 좀처럼 밥이 넘어가질 않는다.
사실 할머니의 반찬이 내 입엔 좀 짠 것도 사실이다. 두유 두 팩에
전날 시켜 먹고 남은 양념치킨 세 쪽, 그리고 맥주 한 캔이 어제 식사였다.
안 그래도 밑반찬은 하지 말라고 말하려던 참이었다.
"할머니, 이제 밑반찬은…."
본론을 꺼내기도 전에 할머니가 말을 툭 자른다.
"오늘은 밑반찬 말고 딴 걸 해 줄게요. 이럴 줄 알고
내가 별식을 준비했다우. 입맛이 없을 땐 반찬이 입에서 겉도는 법이거든."

할머니는 가방을 열더니 뭔가를 분주히 꺼냈다.
초록의 아보카도가 쑥 나온다.
투명 반찬통에 담긴 싱싱한 명란젓도 나온다.
할머니는 아보카도를 들어 보이며 말했다.
"이럴 땐 별식이 필요하지."

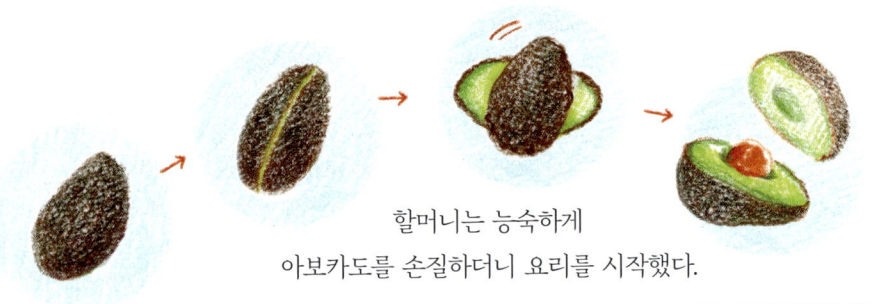

할머니는 능숙하게
아보카도를 손질하더니 요리를 시작했다.

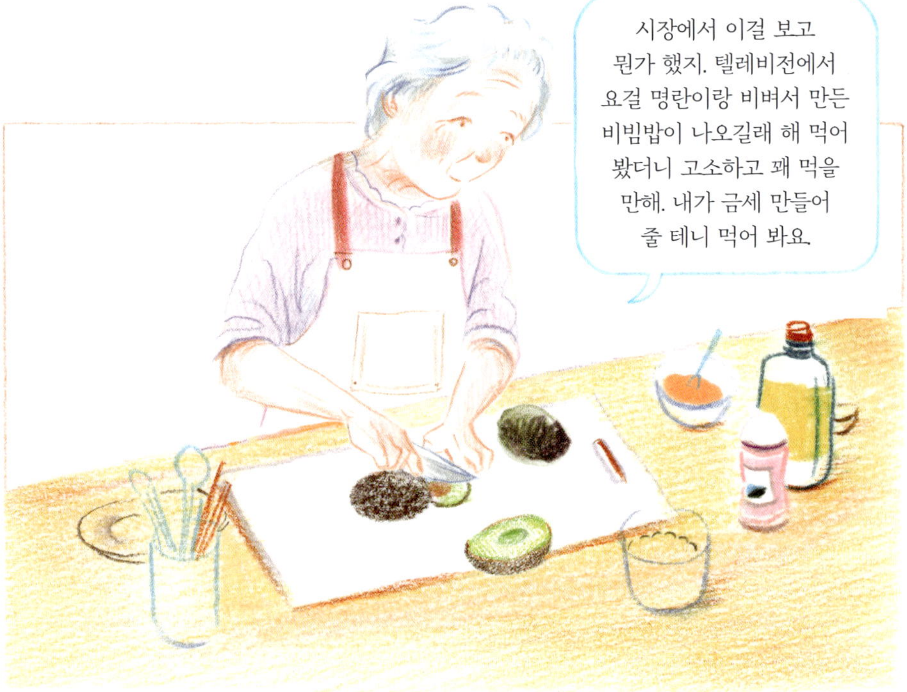

시장에서 이걸 보고
뭔가 했지. 텔레비전에서
요걸 명란이랑 비벼서 만든
비빔밥이 나오길래 해 먹어
봤더니 고소하고 꽤 먹을
만해. 내가 금세 만들어
줄 테니 먹어 봐요

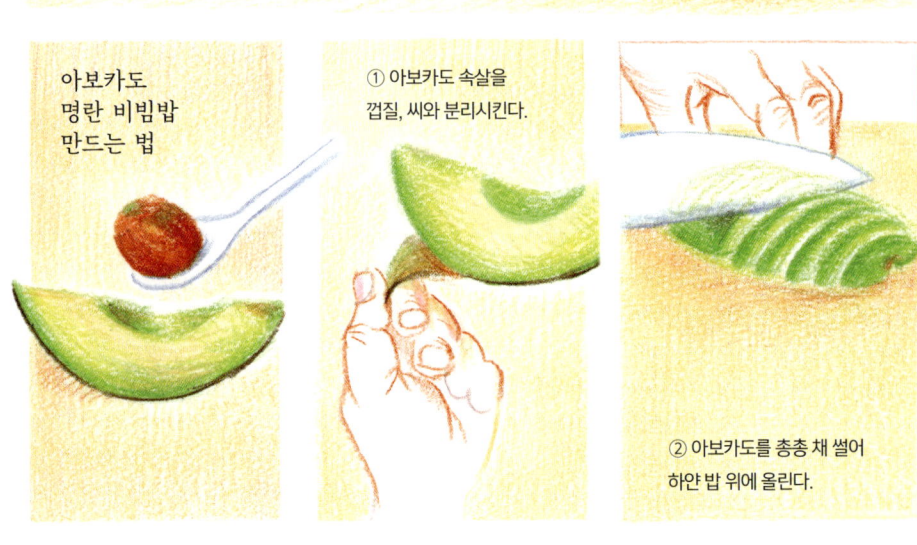

아보카도
명란 비빔밥
만드는 법

① 아보카도 속살을
껍질, 씨와 분리시킨다.

② 아보카도를 총총 채 썰어
하얀 밥 위에 올린다.

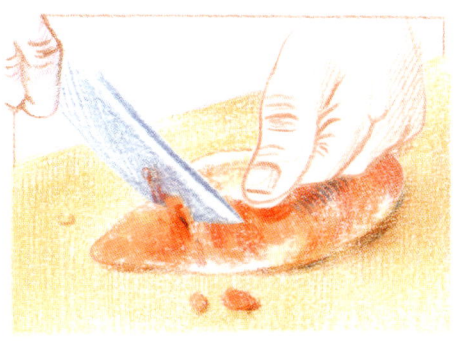
③ 명란도 대충 썰어 적당히 올리고,

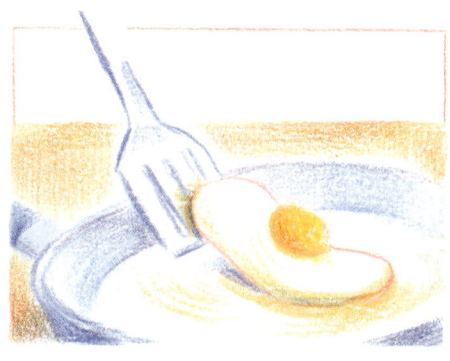
④ 계란 프라이를 해서 그 위에 덮듯 올린다.

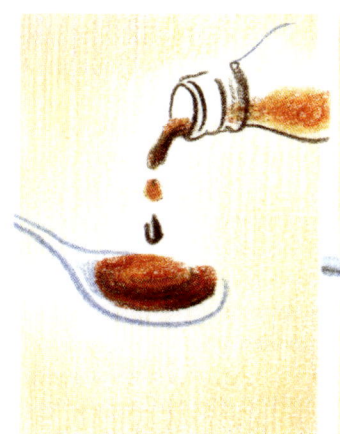

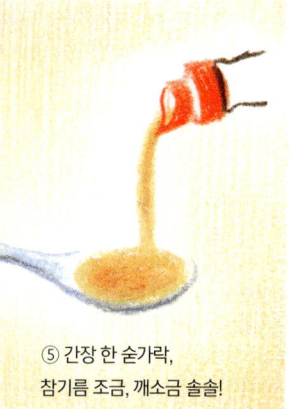
⑤ 간장 한 숟가락,
참기름 조금, 깨소금 솔솔!

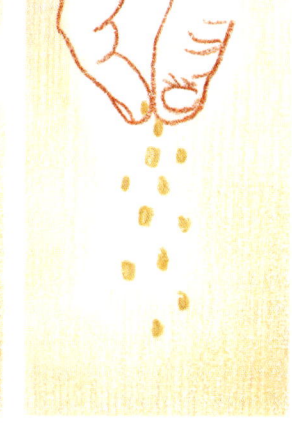

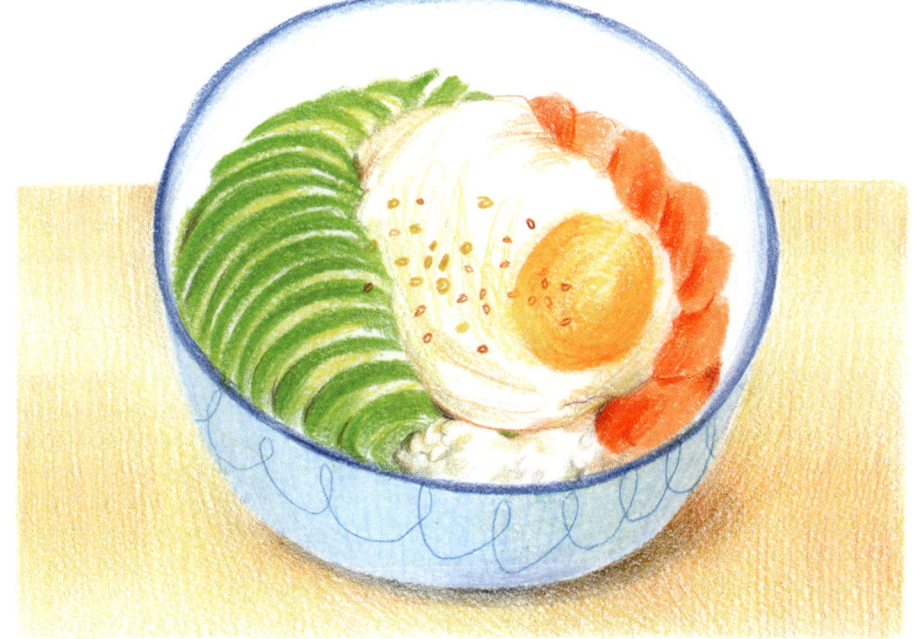

정말 금세 비빔밥이 완성됐다. 초록의 아보카도와 분홍의 명란,
노란 계란의 조화가 싱그럽다.
"자, 한술 떠 봐요."
할머니의 표정이 자신만만하다. 하지만 그 싱그런 조화 앞에서도
좀처럼 입맛이 돌지 않는다.
"그냥 두고 가세요. 오시기 전에 뭘 좀 먹었더니 아직 배가 불러서…."
할머니의 표정이 금세 읽힌다. 몹시 실망했다. 그래도 애써
입꼬리를 올리며 부드럽게 말한다.
"알겠수. 근데 버리진 말고 꼭 먹어요."
할머니가 돌아간 자리에 비빔밥만 덩그러니 남았다.

아! 할머니가 손질할 때 빼놓은 아보카도 씨도 남았다. 까만 씨를 보니
엄마 생각이 났다. 두 해 전인가, 엄마도 아보카도를 사 와서는
샐러드를 해 준 적이 있다. 그때도 씨가 달랑 남았는데,
엄마는 아기 주먹만 한 그 씨를 버리지 못했다.
"이것도 생명인데…. 동재야, 이거 심으면 싹이 나겠지?"
엄마는 내가 사 온 커피의 일회용 플라스틱 컵에 씨를 넣고는
물을 조금 부어 두었다.

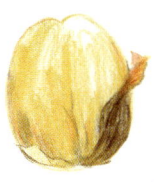

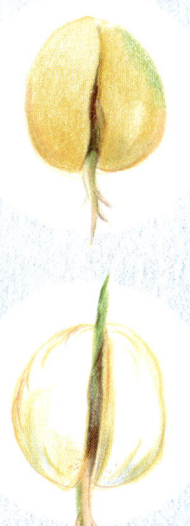

"이렇게 두면 뿌리가 나온다고 하던데…"
"에이, 설마. 그냥 버려요."
시큰둥한 내 반응에 엄마는 '그런가?' 하며
풀이 죽었다. 그런데 한 달이 좀 지나서
집에 갔던 날, 엄마는 내 손을 잡아끌었다.

"이리 좀 와 봐. 이것 좀 봐."

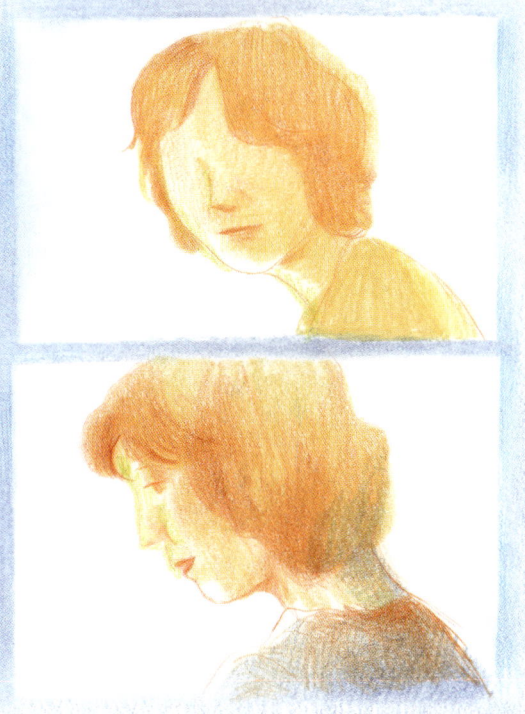

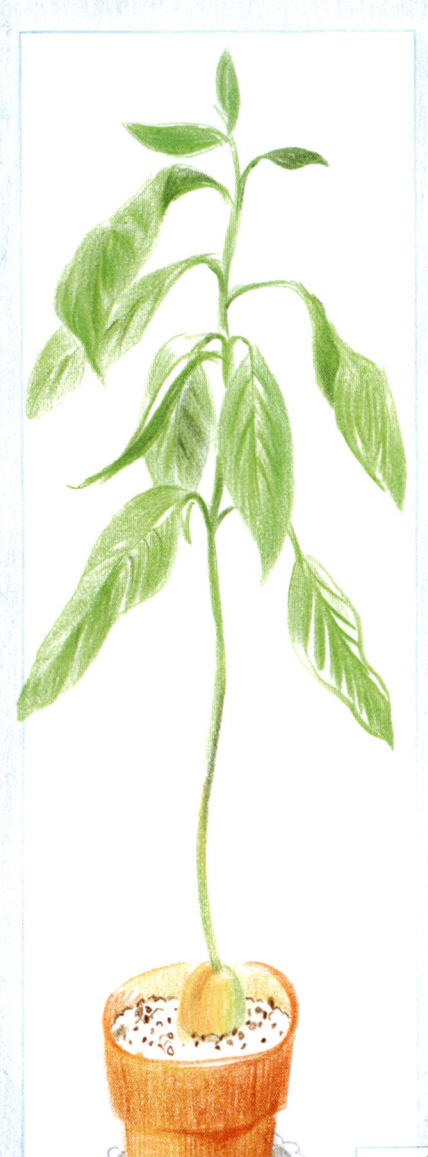

엄마 손에 끌려간 식탁 위엔
낯익은 플라스틱 컵이 보였다.
세상에나!
컵 속에 담겼던 씨가 갈라지며
허연 뿌리를 쑥쑥!
푸른 싹도 볼쏙!
그날 엄마는 작은 토분에
그걸 심으며 즐거워했다.

"생명은 정말 대단해. 그치?"
흙 위로 쏙 올라온 싹이
엄마의 눈망울만큼이나
반짝반짝했었다.
그 아보카도 나무도
죽은 거다.
엄마가 돌아가시고 난 뒤….

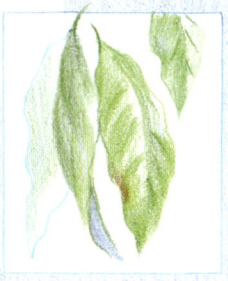

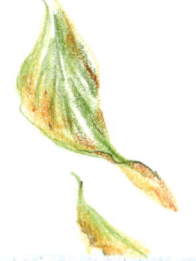

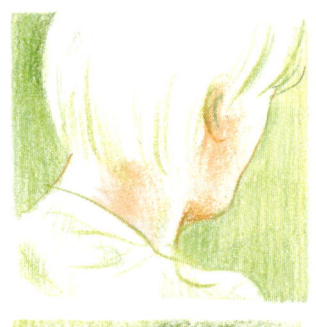

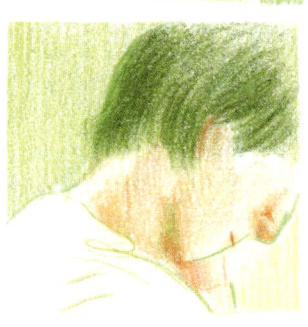

생각을 해서 그런지 문득 엄마 목소리가
들리는 듯하다.
"밥이 보약이야. 어서 밥 먹어."
지겹도록 듣던 그 소리….

마지못해 한 숟가락 들어 본다.
아, 비빔밥이 쓱쓱 잘 비벼져 있다. 불편한 내
손목을 생각해서 할머니가 비벼 놓고 간 거다.
한술 떠서 입에 넣어 본다.
향긋한 참기름 향이 확 풍긴다.
뒤이어 명란의 꿉꿉한 생선 향이 감도나 싶다가
금세 담백한 아보카도 맛이 입안을 꽉 채운다.
조합이 꽤나 괜찮다.

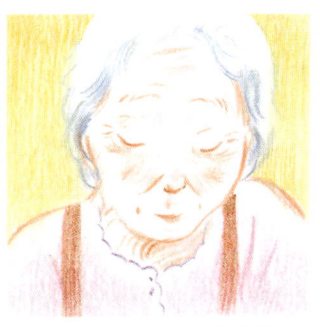

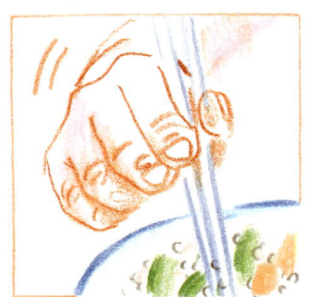

다시 한술 크게 떠서 입에 물고 베란다를 바라본다.

아! 그제야 깨닫는다.

우리 집의 변화 중에 가장 큰 변화가 무엇인지를….

'꾸물꾸물, 살랑살랑'의 정체를 말이다.

베란다가 풍성해지고 있었다.

"여기에 화초들이 꽉 차면 멋진 정원이 만들어질 텐데."

할머니의 그 말은 복선이었던 거다.

베란다 창가로 하나둘 늘어나고 있는 화초들.

모두 할머니가 들고 온 것들이다.

이러다 정말 베란다 정원이 생겨날 기세다.

그날 이후 할머니는 빈손으로 오는 날이 없다.

"키우기 아주 쉬운 아이들 몇 데려왔다우."

오늘도 할머니는 콩고라는 아이와 호야라는 아일 데려와 심어 두고 갔다.

초록, 빨강, 연두 잎의 휴케라, 알록달록 다양한 색의 제라늄,

후마타고사리, 뱅갈고무나무, 스킨답서스, 아이비….

대체 언제 저렇게 늘어난 걸까? 50여 개나 되던 빈 토분은

이제 스무 개도 남지 않았다.

요즘 베란다는 알록달록 꽃 잔치다.

식물들이 꾸물꾸물 자라고 있었던 거다.

할머니가 활짝 열어 둔 베란다 문으로 상큼한 바람이

살랑살랑 불어오고 있었던 거다.

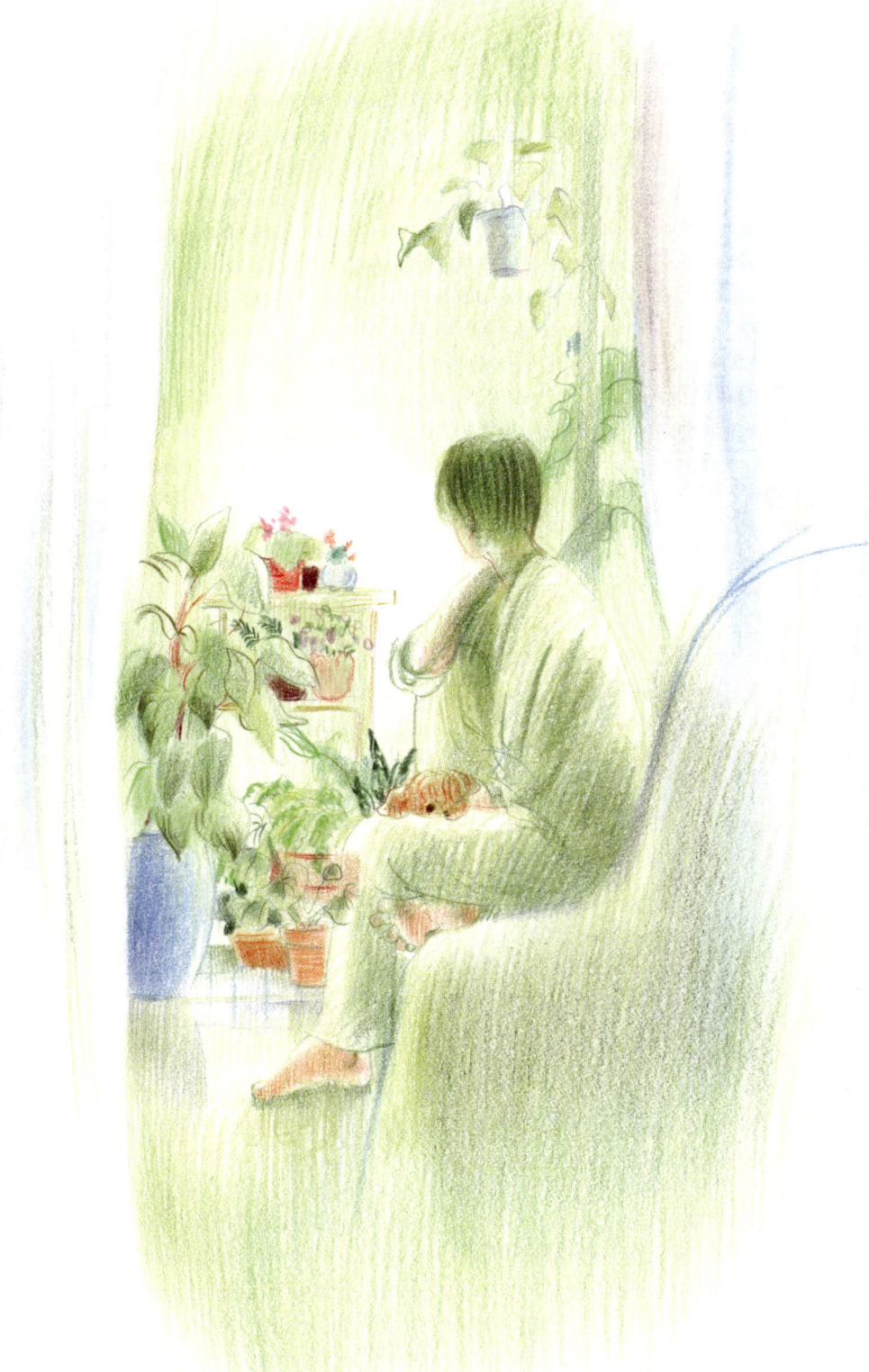

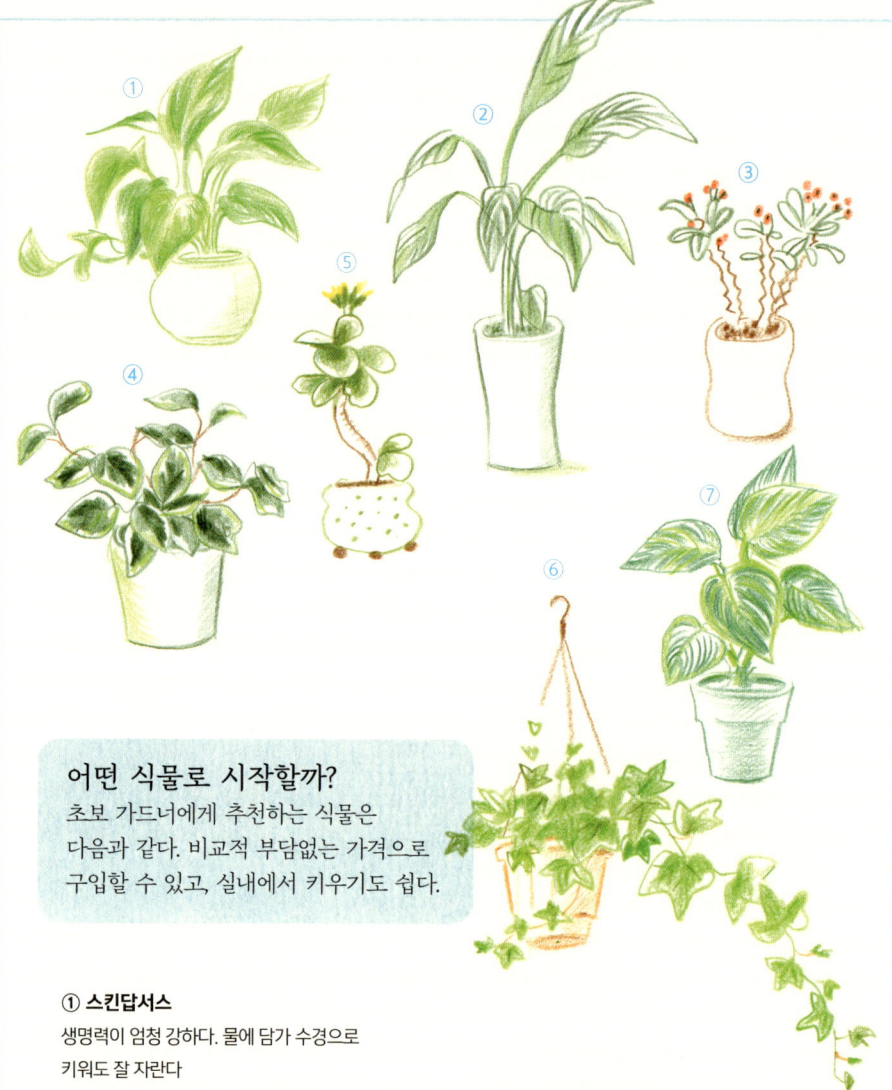

어떤 식물로 시작할까?

초보 가드너에게 추천하는 식물은
다음과 같다. 비교적 부담없는 가격으로
구입할 수 있고, 실내에서 키우기도 쉽다.

① 스킨답서스
생명력이 엄청 강하다. 물에 담가 수경으로
키워도 잘 자란다

② 스파티필룸
공기 정화 능력이 뛰어난 것으로 알려져 있다.
스킨답서스만큼이나 키우기가 수월하다.

③ 꽃기린
꽃이 솟아 오른 모양이 기린을 닮아서 붙여진
이름이다. 볕이 잘 드는 곳에 놓아두면 수시로
꽃을 피운다.

④ 호야
키우기 쉽기로 소문난 식물. 넝쿨성이라 길쭉한
화분이나 행잉 바스켓에 풍성하게 키우면 보기 좋다.

⑤ 칼랑코에, 칼란디바
화원에 가면 가장 흔하게 볼 수 있는 식물이다.
칼랑코에는 홑꽃, 칼란디바는 겹꽃을 피운다.

⑥ 아이비
덩굴식물로 주변에서 흔하게 볼 수 있는 식물 중 하
나다. 생명력이 강해 키우기 쉽다.

⑦ 콩고
넓은 잎이 보기 좋은 실내 공기 정화 식물이다.
잎의 무늬와 색이 다양해. 반려식물로 사랑을
받고 있다.

꽃들의 전설

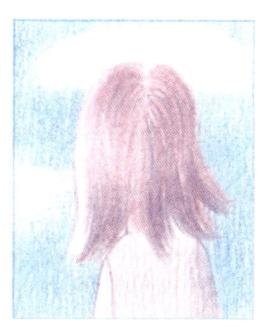

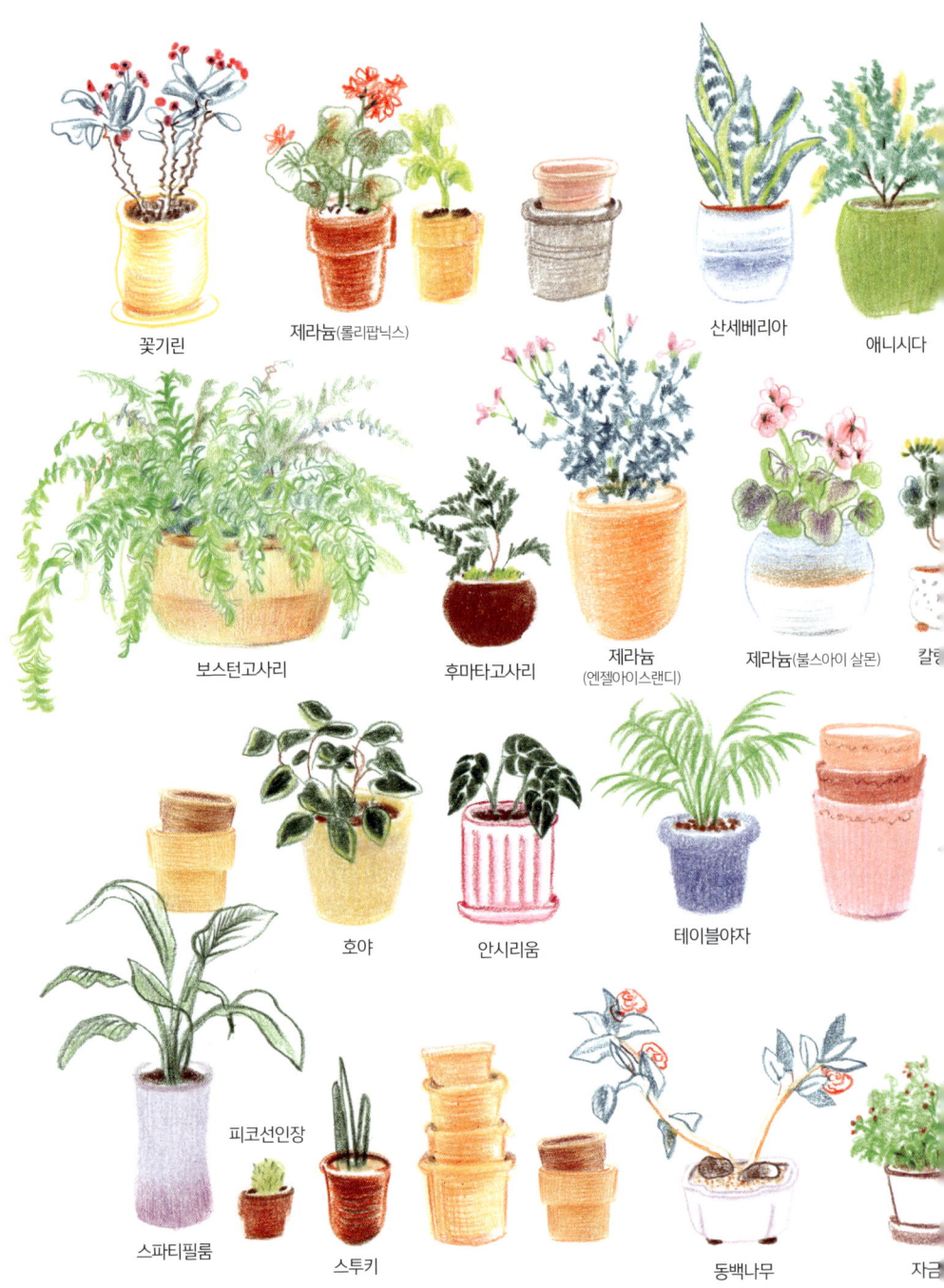

꽃기린

제라늄(롤리팝닉스)

산세베리아

애니시다

보스턴고사리

후마타고사리

제라늄
(엔젤아이스랜디)

제라늄(불스아이 살몬)

칼랑

호야

안시리움

테이블야자

피코선인장

스파티필룸

스투키

동백나무

자금

할머니의 화초 늘리기는 계속되고 있다.

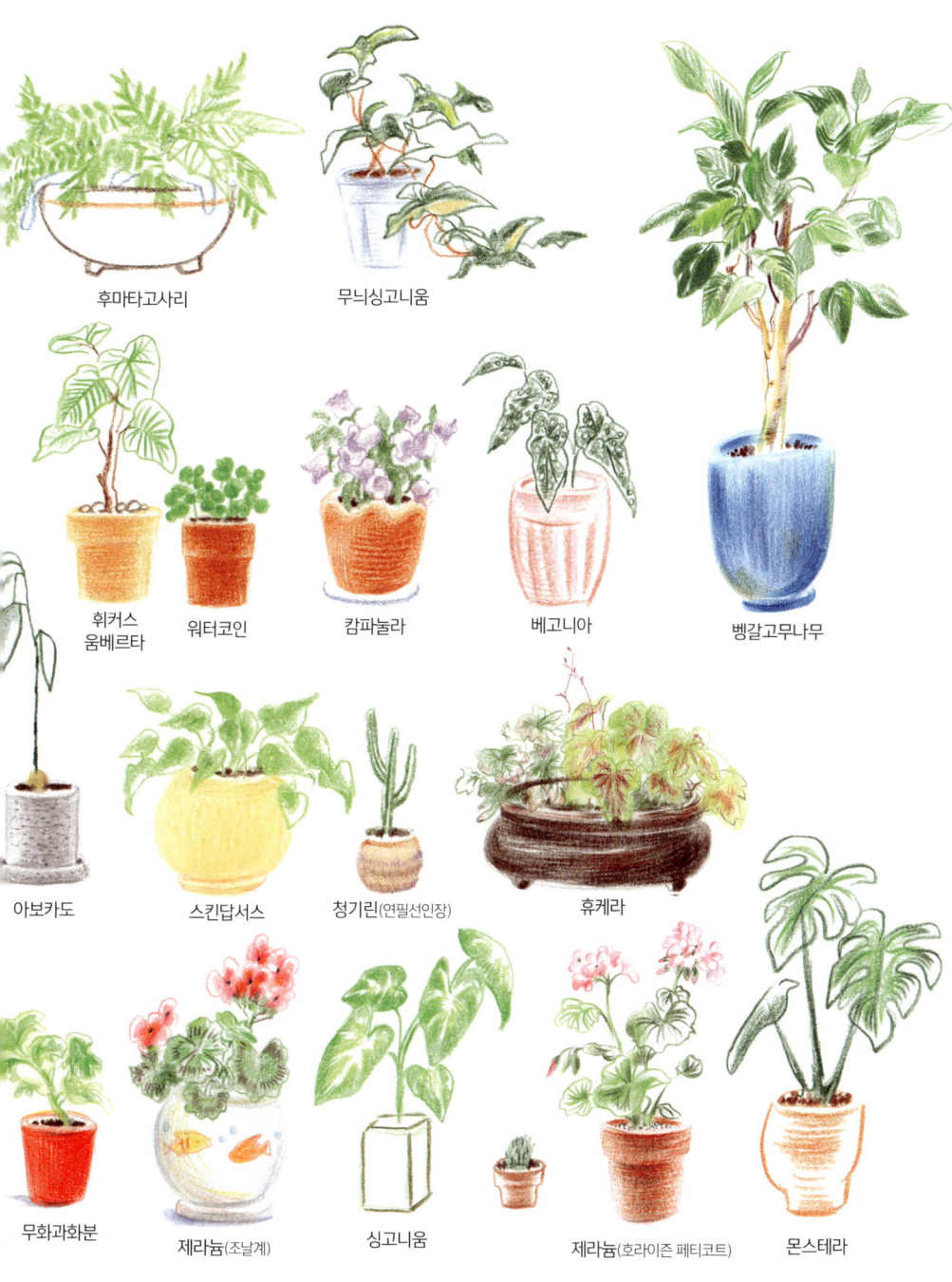

후마타고사리

무늬싱고니움

휘커스 움베르타

워터코인

캄파눌라

베고니아

벵갈고무나무

아보카도

스킨답서스

청기린 (연필선인장)

휴케라

무화과화분

제라늄 (조날계)

싱고니움

제라늄 (호라이즌 페티코트)

몬스테라

걱정이 앞선다. 토분 50개가 다 채워져야 멈추실까?

그런데 놀라운 건 늘어난 식물들 중에 시들거나
비실거리는 것이 없다는 사실이다. 의아한 맘에 물었다.
"할머니, 혹시 전문가세요? 금손 가드너, 뭐 그런 거예요?"
할머니 표정이 뚱하다.
"금손 가드? 그게 뭐유?"
"꽃가게 같은 거 하시냐고요. 식물을 너무 잘 키우는 거 같아서요."
"아, 그런 뜻이구먼. 하긴 내가 금손, 뭐 그런 소릴 좀 듣긴 하지.
옥상에다가 화초 키운 지가 40년이 넘었거든요. 죽은 우리 영감이
젊을 때 꽃을 엄청 좋아했지. 계절만 바뀌면 꽃을 한 아름씩 사들이더니
동네에서 버린 화초란 화초는 다 들고 오더라고. 그러곤 그만인 거야.
허니 어떡하우? 죽일 수도 없으니 내가 물 주고 가꾸고 했지.
망할 놈의 영감 같으니라고!"
절레절레 고갯짓을 하는 할머니의 표정이 재밌다. 할아버지가
주워 온 화초를 두고 옥신각신했을 모습이 눈앞에 그려졌다.

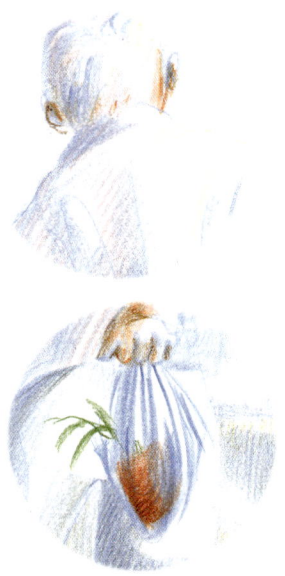

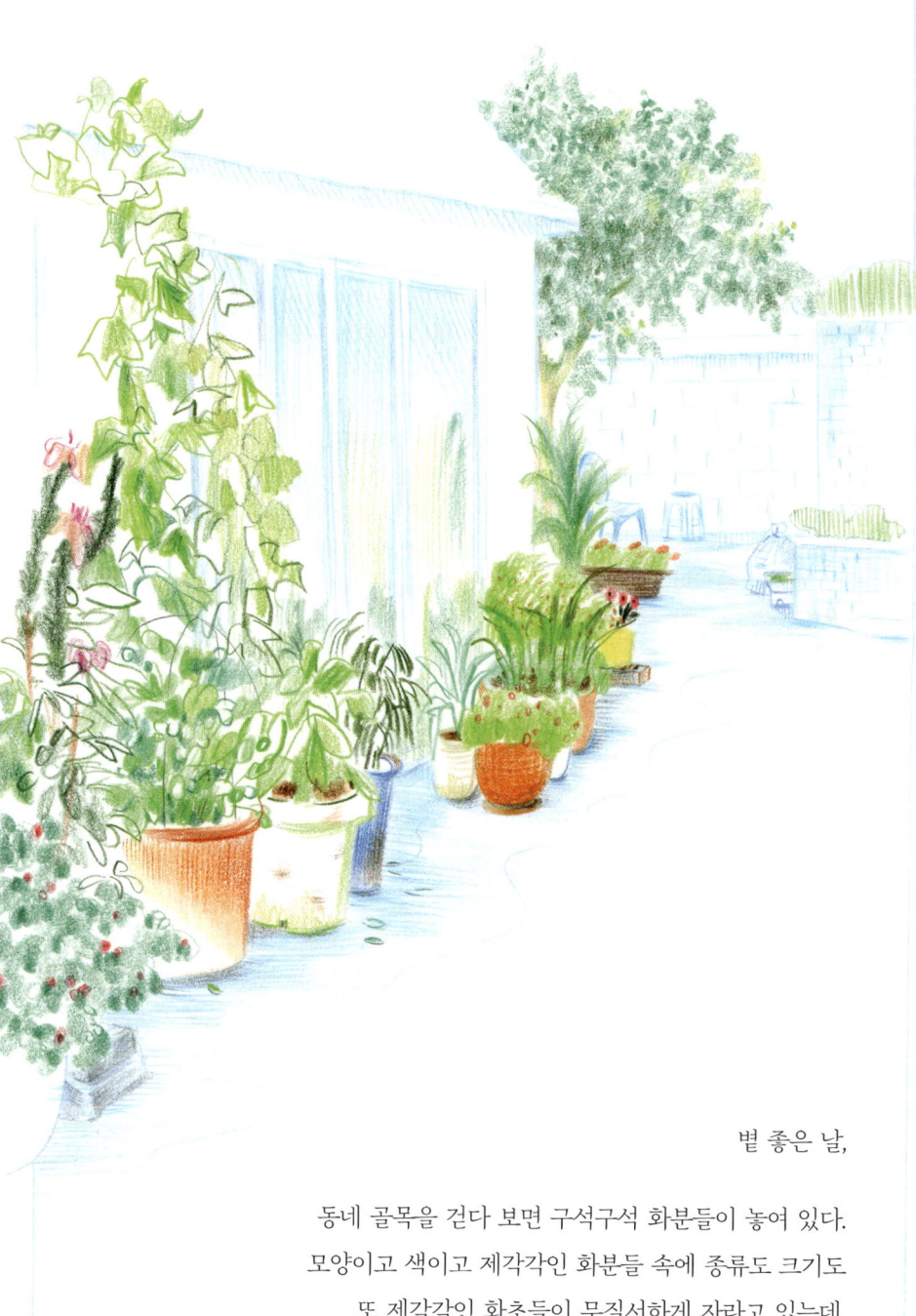

볕 좋은 날,

동네 골목을 걷다 보면 구석구석 화분들이 놓여 있다.
모양이고 색이고 제각각인 화분들 속에 종류도 크기도
또 제각각인 화초들이 무질서하게 자라고 있는데,
놀라운 건 하나같이 푸르고 싱싱하다는 거다.

주인 없이 막 버려진 것처럼 보여도 그런 화초들엔 꼭 주인이 있었다.
허리가 구부정한 할머니가 나와 물을 주거나
머리숱이 얼마 남지 않은 할아버지들이 그 옆에 자리를 깔고서
옹기종기 모여 앉아 이야기 나누는 걸 종종 본다.
아마 할머니와 할아버지도 집 앞 골목에까지 화분을 두고
가꾸는 부지런한 부부였나 보다.
이런저런 상상에 빠져드는데, 할머니 목소리가 훅 날아든다.
"요 아이들은 버리지 말고 잘 키워 봐요. 손이 다 나아서
내가 안 오게 되더라도"

언젠가 J도 비슷한 말을 했었다.

"식물 좀 키워 보는 건 어때? 실내 가드닝, 그거 너한테 필요한 거 같은데."

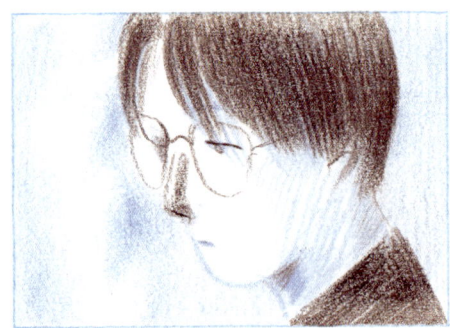
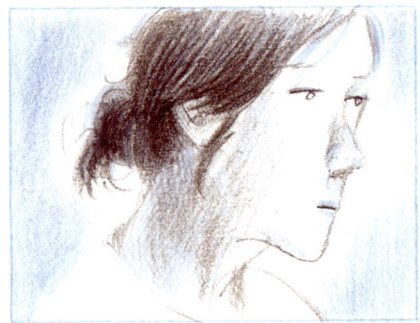

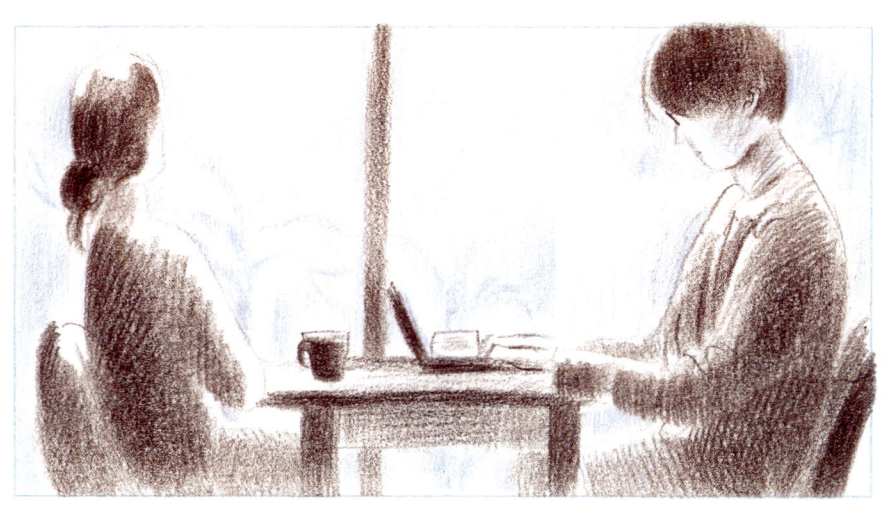

나는 보통 책상 앞에서 많은 시간을 보낸다.
엉덩이가 짓무르도록 앉아 톡톡! 톡톡톡!
자판을 두들기다 보면 어느새 창가로 어둠이 짙어진다.
어떤 이들은 작가라면 여행이나 독서 등으로
시간을 보내는 줄 아는데, 그건 엄청난 오해다.
보통은 종일 책상에서 노트북과 씨름을 한다.
그 시간 동안 머리로 이야기를 풀어내고
그 이야기를 글로 구현한다.
고독한 시간이다. 오직 혼자만의 시간이다.
몇 달, 몇 년이 걸리더라도 그 시간을 견뎌 내야만
소설 한 편이 탄생한다.
그렇게 몇 해를 보내고 나면 몸에서
기묘한 증상이 나타나기 시작한다.

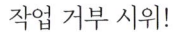

작업 거부 시위!

"일하자! 여차, 여차!" 파이팅을 외치며 책상 앞으로
가려면, 내 몸이 먼저 알고 거부를 하는 거다.

윽! 일하려고?
싫어! 싫어!

오랜 경험으로 그 시간의 고통을
알아 버린 몸이 노트북 앞에 앉기를
거부하며 몸을 사린다.
어깨가 아프고, 괜스레 여기저기
쑤시며 두통이 난다.
다섯 걸음이면 닿을 책상 위
노트북까지가 천리만리다.

그래도 일단 엉덩이를
붙이고 앉아
하얀 모니터에
첫 문장을 턱 쓰고 나면
평안이 찾아온다.

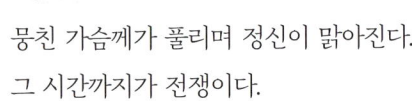

뭉친 가슴께가 풀리며 정신이 맑아진다.
그 시간까지가 전쟁이다.

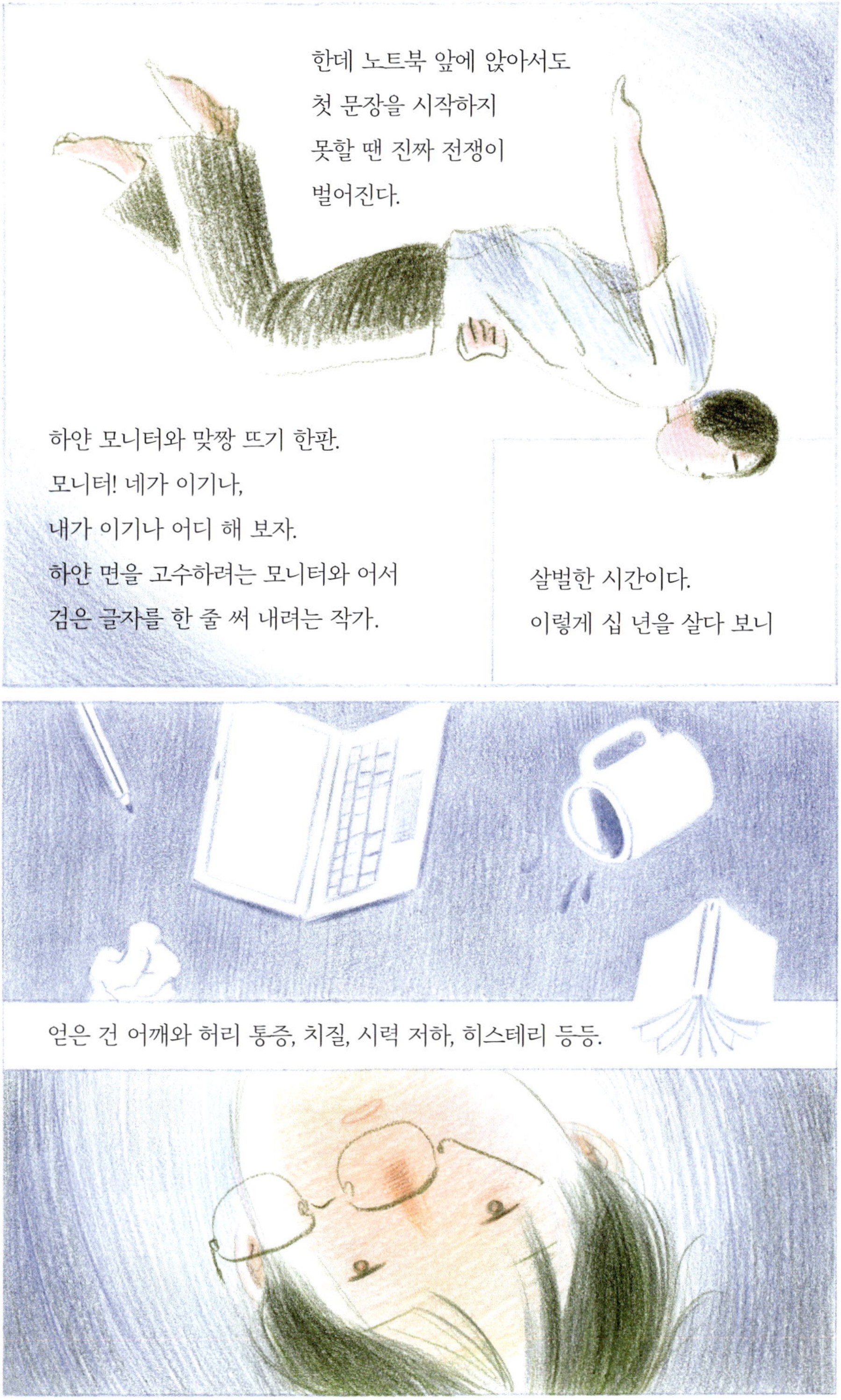

한데 노트북 앞에 앉아서도
첫 문장을 시작하지
못할 땐 진짜 전쟁이
벌어진다.

하얀 모니터와 맞짱 뜨기 한판.
모니터! 네가 이기나,
내가 이기나 어디 해 보자.
하얀 면을 고수하려는 모니터와 어서
검은 글자를 한 줄 써 내려는 작가.

살벌한 시간이다.
이렇게 십 년을 살다 보니

얻은 건 어깨와 허리 통증, 치질, 시력 저하, 히스테리 등등.

이러다 큰일 나겠다. 싫을 때도 많다.
그러니 지켜보던 J도 피가 말랐을
것이다. 오죽하면 식물을 키워
보라고 권했을까.

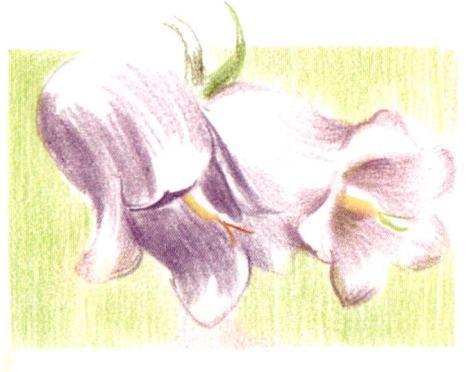

살랑살랑, 열어 놓은 문으로 바람이
불어온다. 바람을 맞고 있으니 머리가
맑아지는 기분이다. 답답하던 가슴에도
바람이 불어오는 듯하다.

푸른 캄파눌라 꽃들이
바람에 흔들린다.
종 모양의 꽃들이 흔들리며
댕댕 종소리라도 낼 것만 같다.

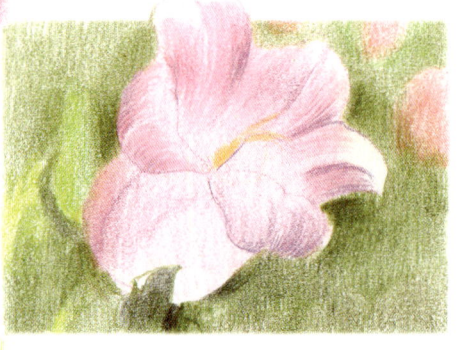

내 시선을 따라 캄파눌라를
본 할머니가 빙긋 웃으며 이야기한다.
"혹시 저 꽃에 대한 전설 알아요?
모르나 보네? 들어 봐요. 옛날에 한
과수원에 황금으로 된 사과가 있었다네."

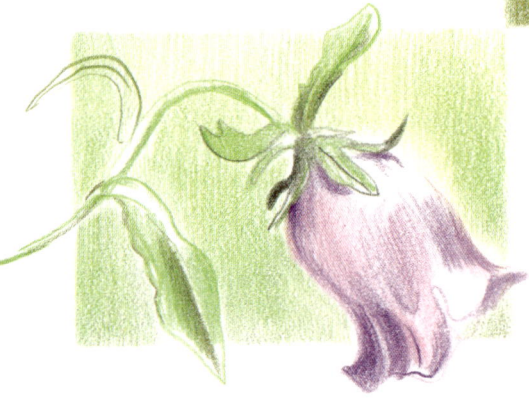

고대 신들이 살던 신전에 과수원이 있었는데 황금사과가 자라고 있었단다.
그 사과를 지키는 과수원지기 소녀 이름이 캄파눌라였다나.

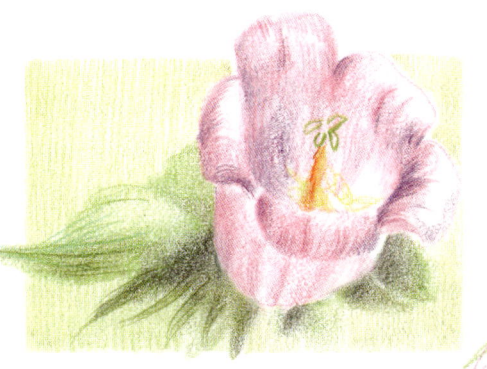

한데 하루는 도둑들이 황금사과를
훔치러 왔고, 놀란 캄파눌라는
은종을 울리려고 했단다.

그 소리를 들으면 100개의 눈을
가진 용이 와서 도둑들을
물리치기로 약속을 했던 거다.
하지만 캄파눌라가 종을 치려는
순간, 도둑들이 은종을 빼앗고
캄파눌라를 죽여 버렸다지 뭔가.
자, 이쯤에서 신이 등장할 차례다.
이 이야기엔 꽃의 신 플로라가 등장한다.
캄파눌라를 가엾게 여긴 플로라는
캄파눌라를 종 모양의 꽃으로 만들어 주었다.

그 꽃이 바로 캄파눌라!

제법 재미난 이야기다. 이야기를 듣는 내 모습이 꽤나 진지했나 보다.
할머니는 이야기를 멈출 기미가 없다.
"혹시 저 아이 잎이 왜 저리 찢어진 건지는 알아요? 그게 말이야…."
이번엔 몬스테라 얘기다. 할머니의 이야기를 잘 정돈해 보면 이렇다.

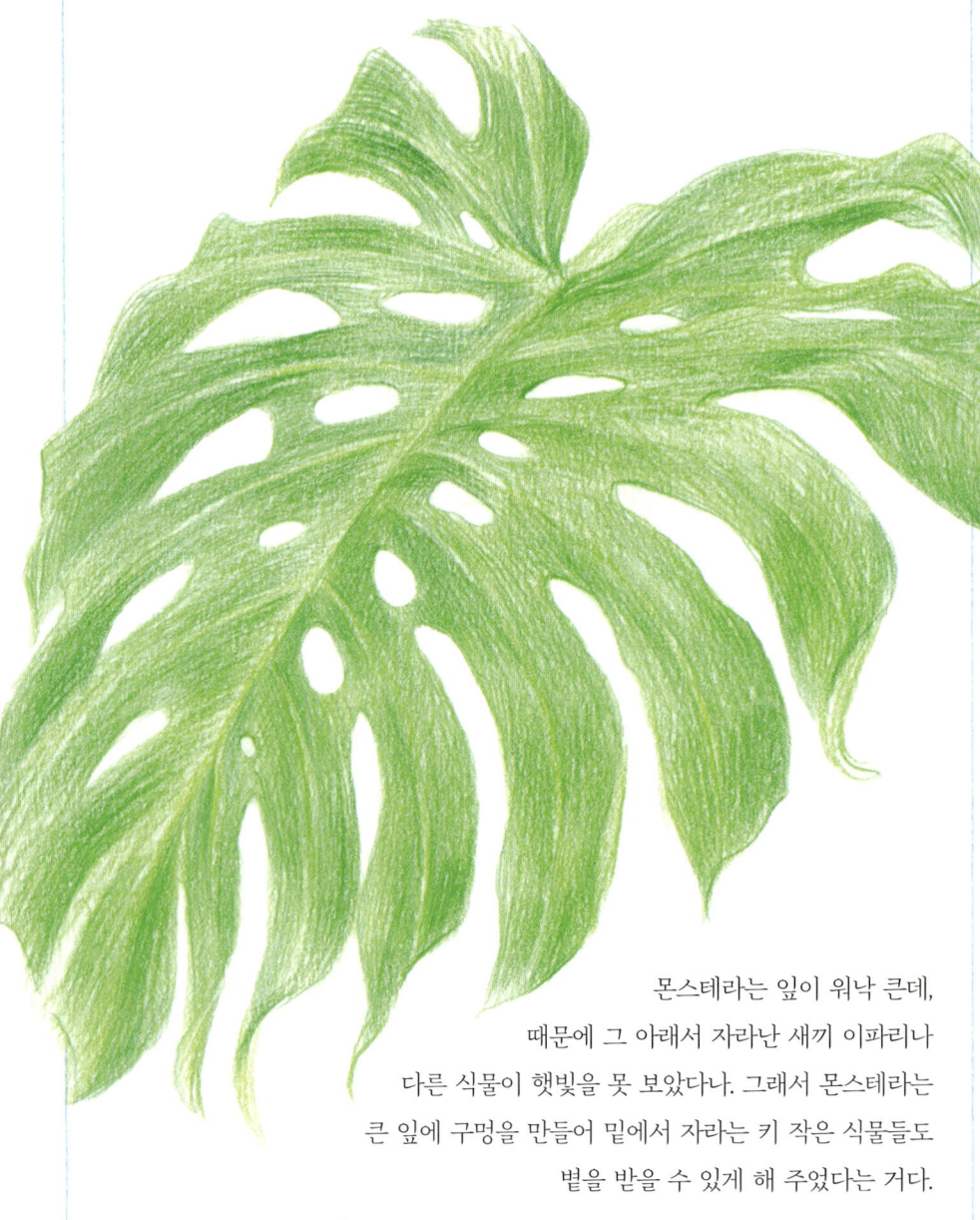

몬스테라는 잎이 워낙 큰데,
때문에 그 아래서 자라난 새끼 이파리나
다른 식물이 햇빛을 못 보았다나. 그래서 몬스테라는
큰 잎에 구멍을 만들어 밑에서 자라는 키 작은 식물들도
볕을 받을 수 있게 해 주었다는 거다.

"그런 생각을 하다니, 참 착한 아이지 않수?"
할머니는 기특하단 듯 몬스테라 잎에 앉은
먼지를 수건으로 닦아 주며 흐뭇해했다.
하지만 내가 찾아본 정보로는
그 이유가 좀 달랐다.
몬스테라는 잎이 유난히 크다
보니 폭우나 바람에 손상되기 쉽다.
그래서 저런 모양을 만들어 바람의 저항을
덜 받는 거란다. 할머니가 알려 준 이유는
과학적으론 인정받지 못하고 있는 거 같다.

그래도 할머니의 이유가 더 정겹다. 고개를 끄덕여 준다.
"그러네요. 참 기특하네요"

할머니는 아는 것도 많다.
선인장을 보면 잎이 없고 가시만
무성한데, 그 가시는 사실 잎이었단다.
사막의 선인장은 제 몸에 저장된
수분이 증발하는 걸 막기 위해
잎을 가시로 변화시킨 모양이다.
이러다 식물 박사가 될 거 같다.

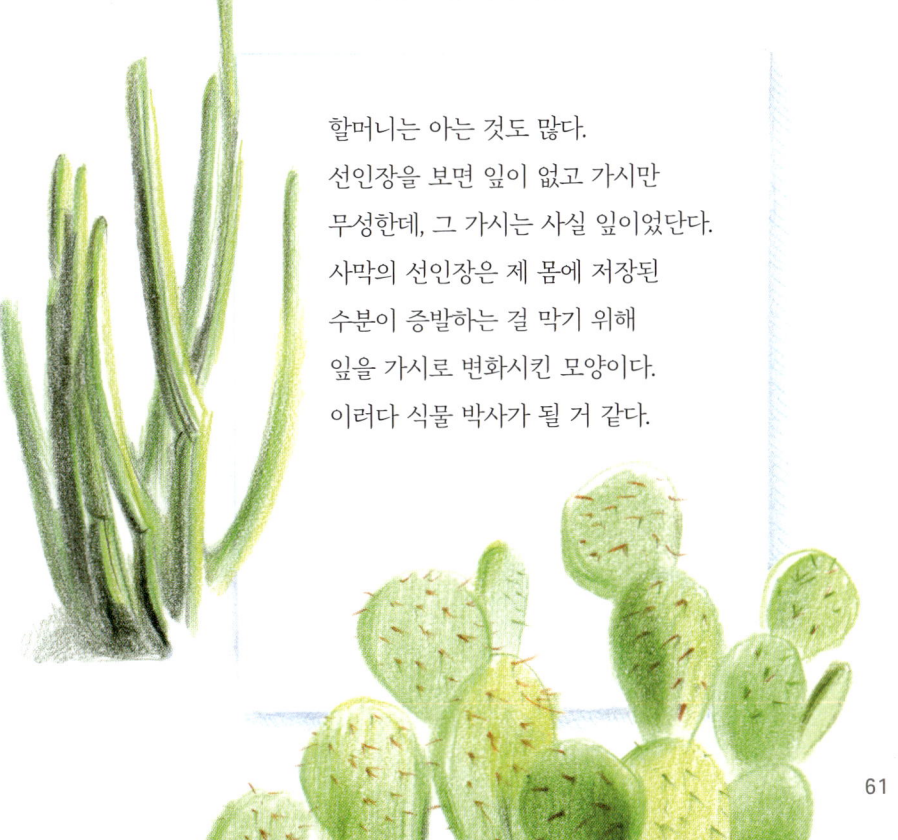

할머니가 들려준 이야기 중엔 괴기스런 것도 있었다.
"착한 식물만 있는 거 아니더만. 못된 놈도 있어요.
시스툰가 뭔가 하는 게 있는데, 저 혼자 큰 땅 차지하고 편하게 살려고
불을 지른다지 뭐야. 다른 식물들을 다 태워 버리려고 말이여."

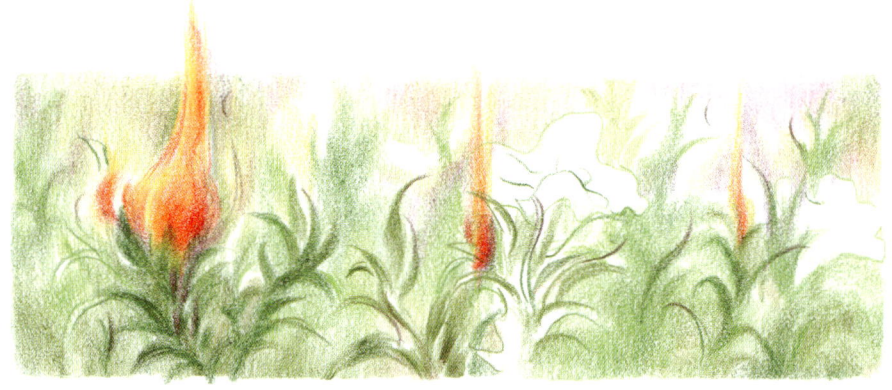

뭔 소린가 싶어 검색창을 두드려 보니 시스투스(Cistus) 라는 식물 이야기였다.
시스투스는 정말 이기적인 식물로 유명하다. 주변이 여러 식물들로 빽빽해지면
일부 시스투스는 엄청난 일을 벌이는데, 스스로 부름켜 내부에서 발화성이
강한 수액을 뿜어내는 거다. 이 수액은 35도만 되어도 발화를 하기 때문에
더운 여름엔 불이 붙게 되는데, 그럼 자신을 포함해서 주변 식물들이
모두 불타고 만다.

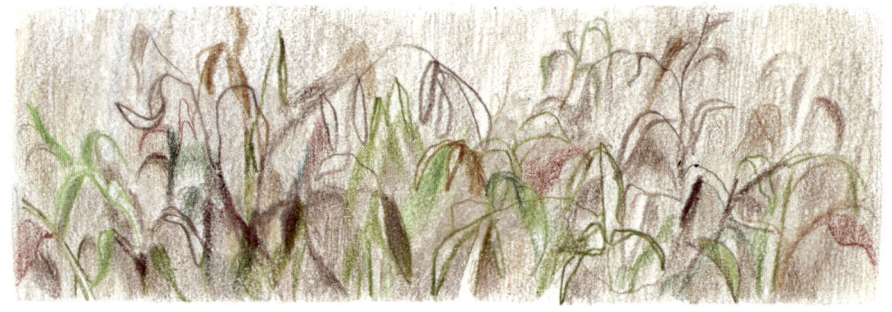

왜 그런 엄청난 짓을 벌일까?

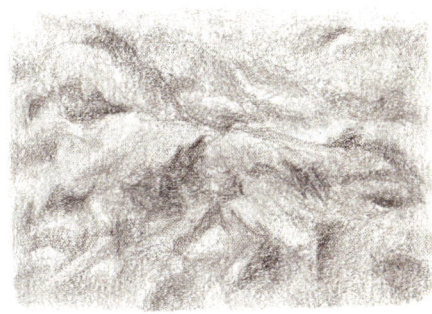

시스투스는 불을 내기 전에
내화성이 있는 씨앗을
뿌려 놓는다.

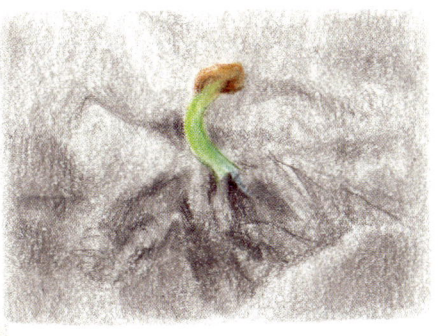

그럼 불타지 않고 살아남은 씨앗은
식물들의 재를 양분 삼아 발아를 하고,
결국 혼자 넓은 땅을 차지하는 것이다.

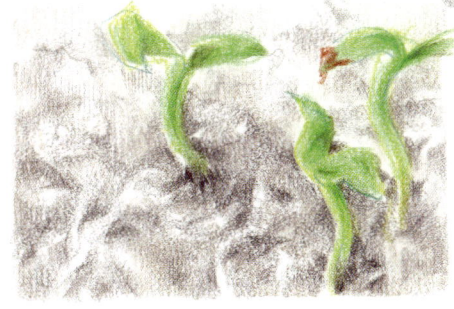

혼자 편하자고 주변을 모조리
불태우는 식물이라니!
"와! 엽기적이다. 못됐네."

그러다 난 주춤하고 만다. 사실 시스투스는 생존 본능대로
살아가는 것뿐이지 않은가. 이렇게 욕먹을 일이 아니지 싶다.
게다가 욕을 할 자격이 우리 인간에게 있기나 한 걸까?

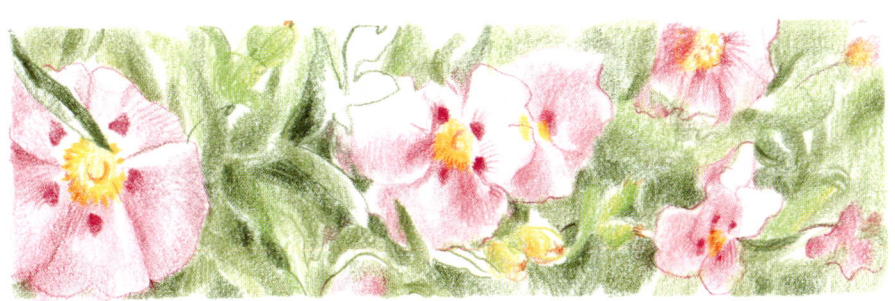

인도양 모리셔스 섬의 도도새를 비롯해서 인간이 멸종시킨 동물이 몇인가.
인간은 지구의 절반 넘는 땅을 차지하고도 모자라 환경을 파괴하며
다른 생물종을 몰아내고 있지 않은가? 시스투스는 생존을 위해
그런다지만 인간은 그것도 아니다.

강아지
골목

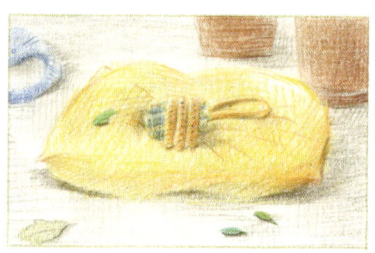

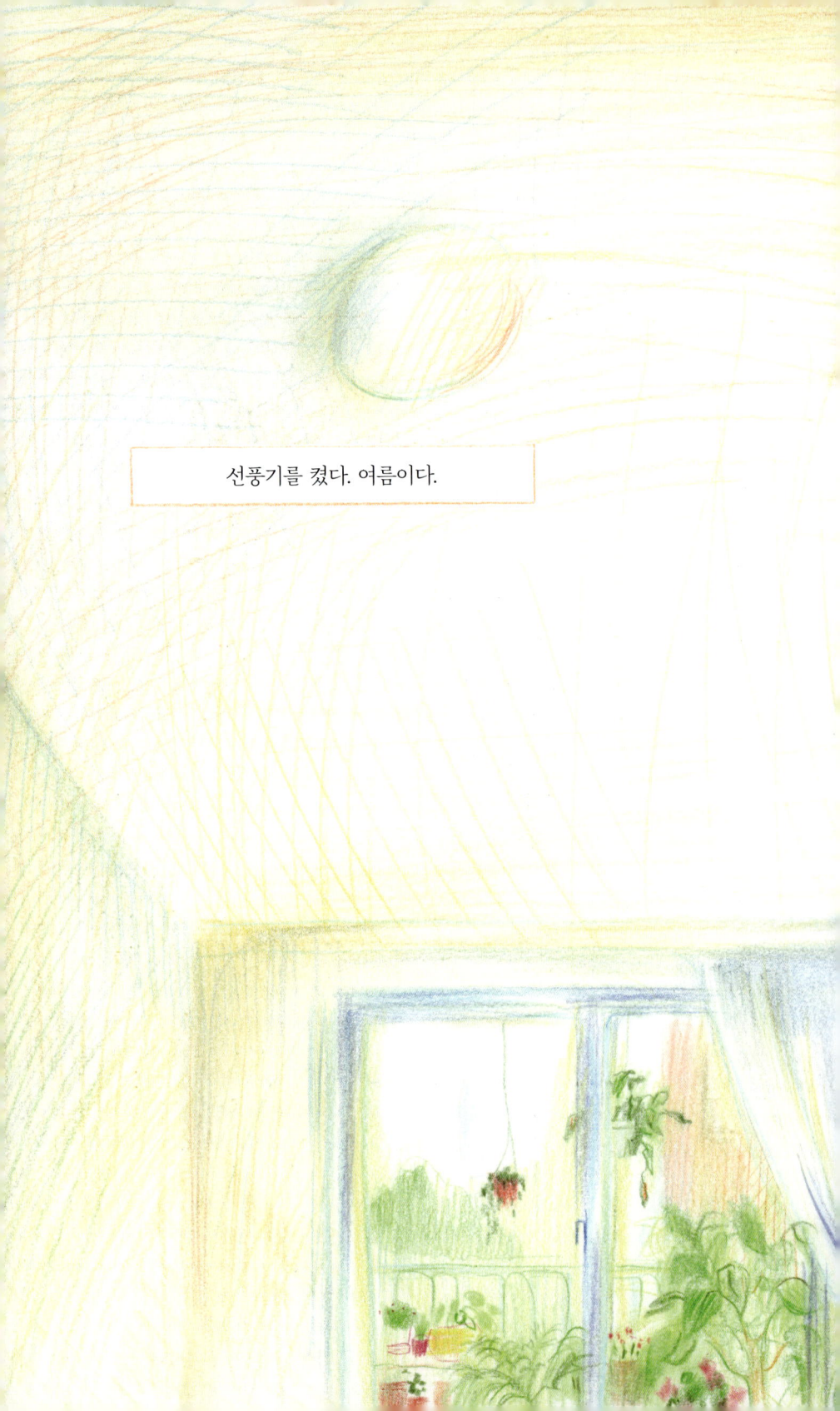

선풍기를 켰다. 여름이다.

할머니는 퇴근 시간이 30분이나 지났는데도 돌아갈 생각을 않고 있다.
베란다로 들어오는 햇살의 방향이 바뀌었다면서 화분을 옮기겠단다.
"싱고니움은 햇살을 정말 좋아하거든. 햇살이 잘 드는 쪽으로
옮겨 주면 좋아할 거야. 화초 키우는 데 젤 중요한 게 뭔지 알아요?
물! 햇살! 바람! 이 중 어느 하나라도 부족하면 시들시들해지고 말아.
꽃이 피지 않게 되고 벌레가 들끓게 되지. 그래서 계절이 바뀌면
햇살이 움직이는 방향에 따라 화분을 옮기는 게 좋다우. 추운 겨울에도
짬짬이 창을 활짝 열어 통풍을 시키고"
할머니 말만 들어도 머릿속이 지끈거린다.
"아휴! 그걸 다 해 줘야 한다고요? 부지런해야겠네요"
"그럼, 그럼! 부지런해야지. 근데 그렇게 하면 나도 건강해지는걸.
덩달아서 나도 햇빛 받고 바람을 쏘이잖우. 해 봐요.
그럼 그 창백한 얼굴도 구릿빛으로 변할걸, 건강하게."
구릿빛의 건강한 몸이라. 꽤 매혹적인 제안이다.
그래서 할머니는 저렇게 건강하신 걸까?
바싹 마른 허리로 무거운 화분을 번쩍번쩍 잘도 드신다.
그래도 혼자 애쓰는 할머니를 지켜보자니
맘이 불편하다. 왼손과 발을 이용해
나도 고사리 화분 하나를 슬쩍 밀어 옮겨 본다.

생각지 못한 일은 그 뒤에 벌어졌다.

베란다 정원에 어떤 식물을 들일까?

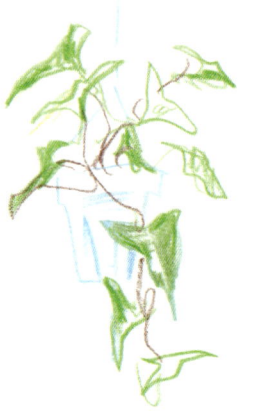

잎이 크고 이국적인 관엽식물
아름다운 잎과 잎자루, 줄기를 지닌
이국적인 식물을 보통 관엽식물이라고 부른다.

휘커스 움베르타, 벵갈고무나무, 야자나무, 몬스테라,
알로카시아, 스킨답서스, 싱고니움, 테이블야자,
휴케라, 스파티필룸, 안시리움, 베고니아 등으로
보통 아열대나 열대 지방이 원산지이다.
이 아이들은 넓은 잎으로 공기 정화를 담당해 준다.

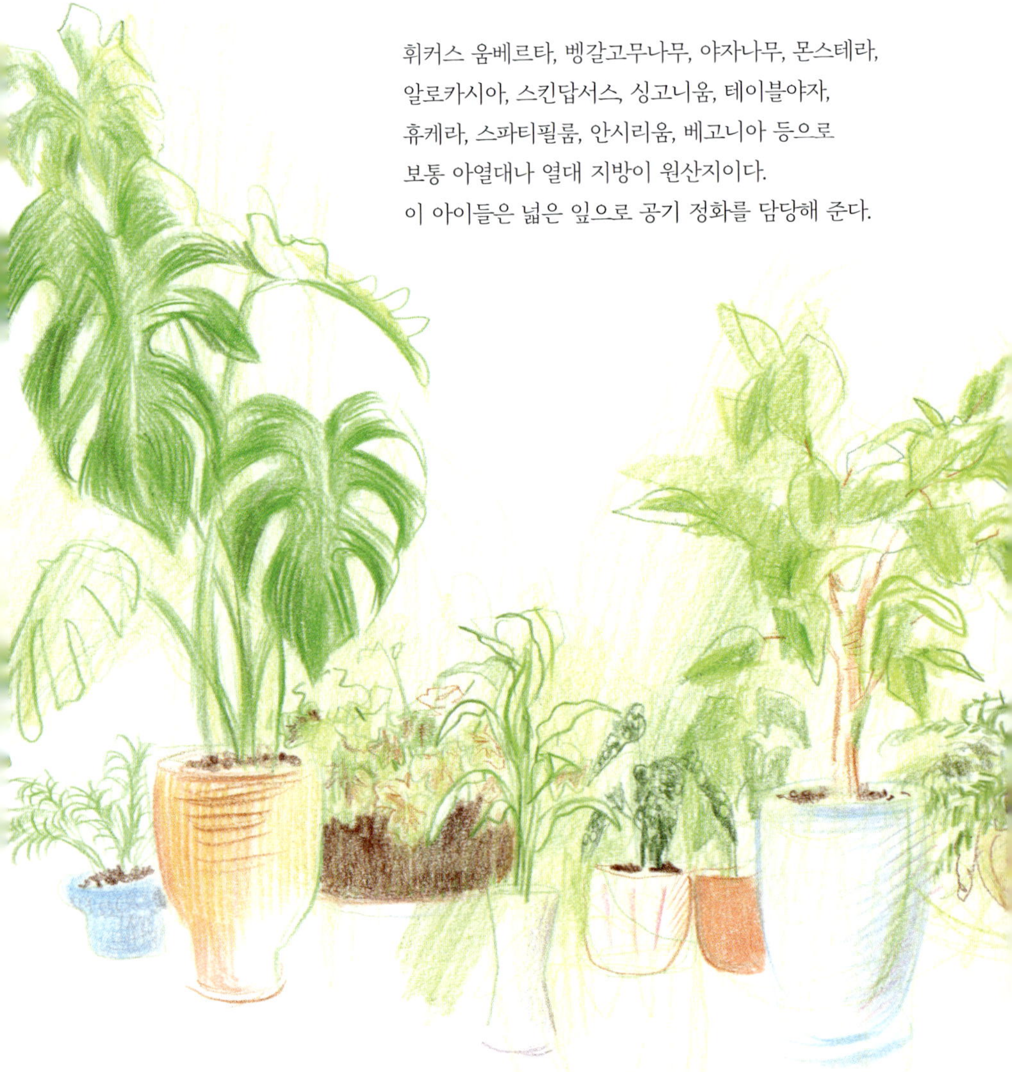

신비로운 고사리들

후마타고사리(상록넉줄고사리), 보스톤고사리,
무늬보스톤고사리, 더피고사리 등이 있다.
고사리는 꽃과 종자 없이 포자로
번식하는 양치식물이다.
고생대, 신생대에 나타난 원시 식물이라서
그런지 생김새가 신비로운 원시의 숲을
떠올리게 한다.

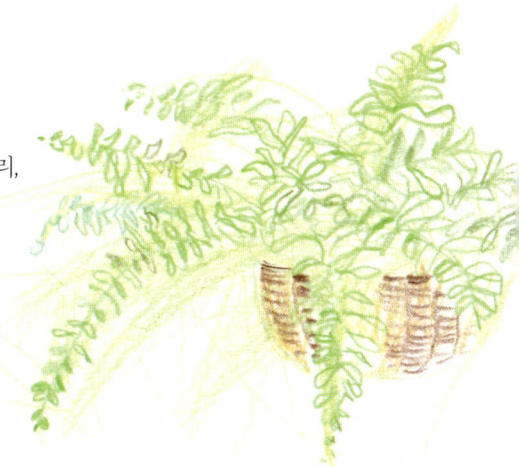

꽃밭을 만들어 주는 제라늄들

제라늄은 보통 꽃을 보기 위해 키우는 식물이다.
사계절 내내 아름다운 꽃을 피우며 화사함을 담당하게 된다.
디스팅션, 화이트링, 데스케, 화이트 스플래시, 데니스,
레드 판도라, 호라이즌 페티코트, 아랑벌비,
로즈버드 애플블러섬, 인디안듄 등이 있다.

그 외에도 꽃기린, 동백나무, 캄파눌라, 시틀라멘, 호주매화, 칼랑코에,
산세베리아, 게발선인장 등 다양한 식물이 베란다 정원에 어울린다.

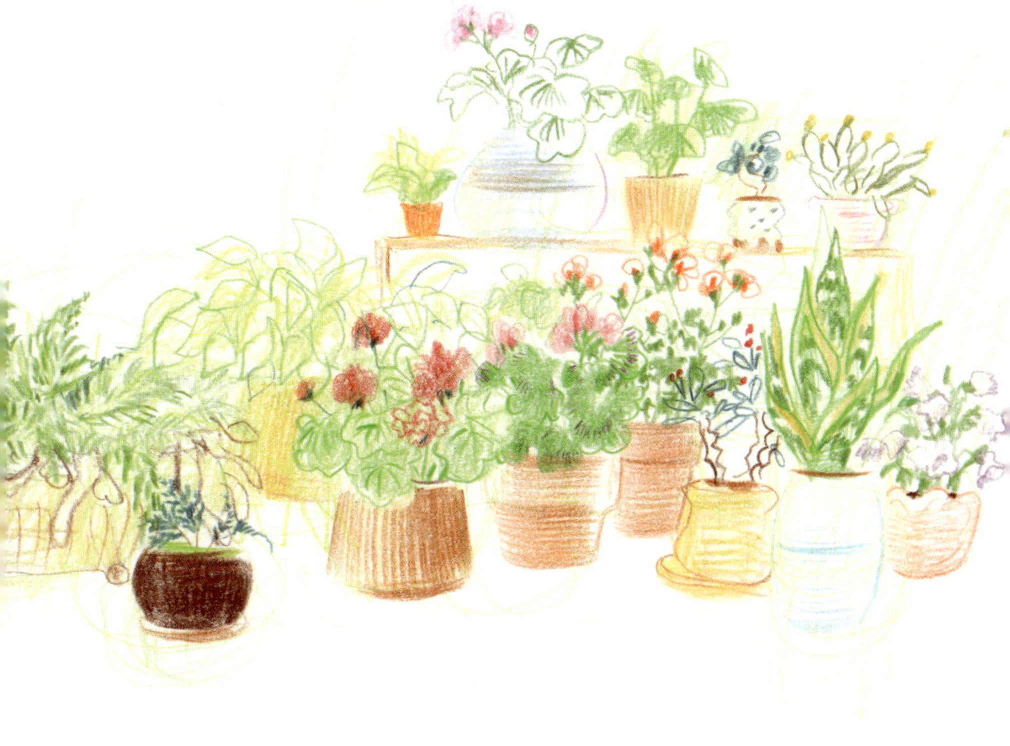

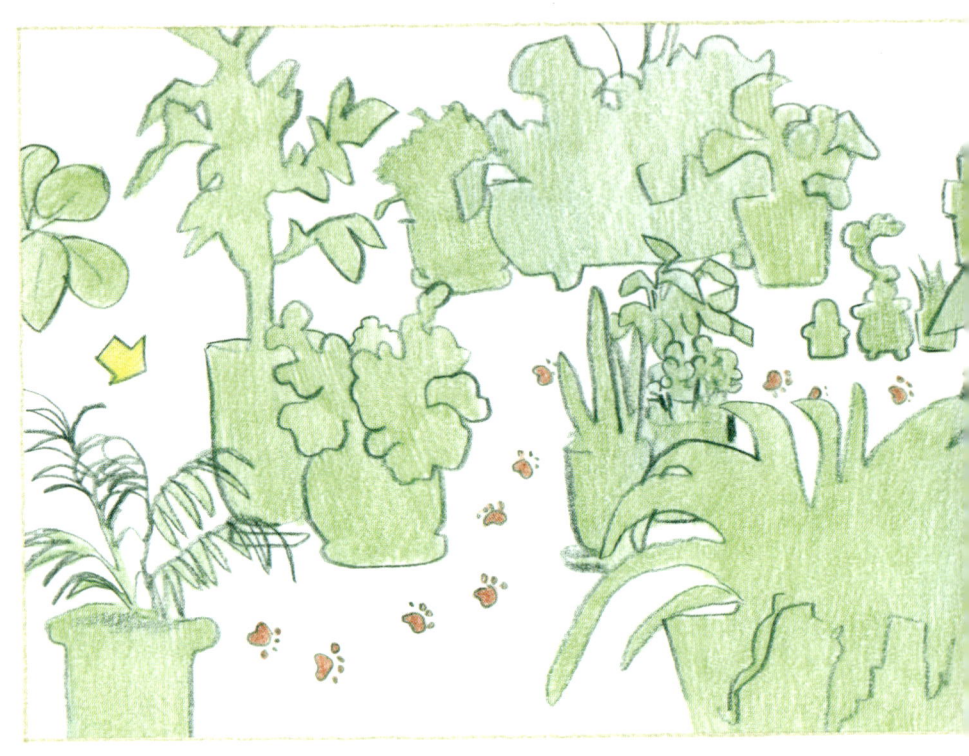

끙끙! 끄으응! 끙!
휴케라 화분 앞에서 안절부절못하며
불편한 듯 끙끙대는 담담이.
화분을 제치려는 듯 발로 긁어 대고 화분과 화분 사이
구멍을 향해 머리를 들이밀려 애를 쓴다.
"담담아, 왜 그래?"
당황하는 내 모습에 할머니가 빙그레 웃는다.
"담담이 길을 막았잖우, 그 화분이."
"예? 길요? 무슨 길요?"
할머니는 내가 발로 밀어 놓은 고사리 화분을 뒤로 빼며 말했다.
"담담이가 여길 지나서 방석으로 가거든. 이 길이 담담이 골목길이에요."
아하! 그제야 알아챘다, 길의 의미를.
할머니는 베란다 창틀 바로 아래에 노란 방석을 하나 놓아 주었다.

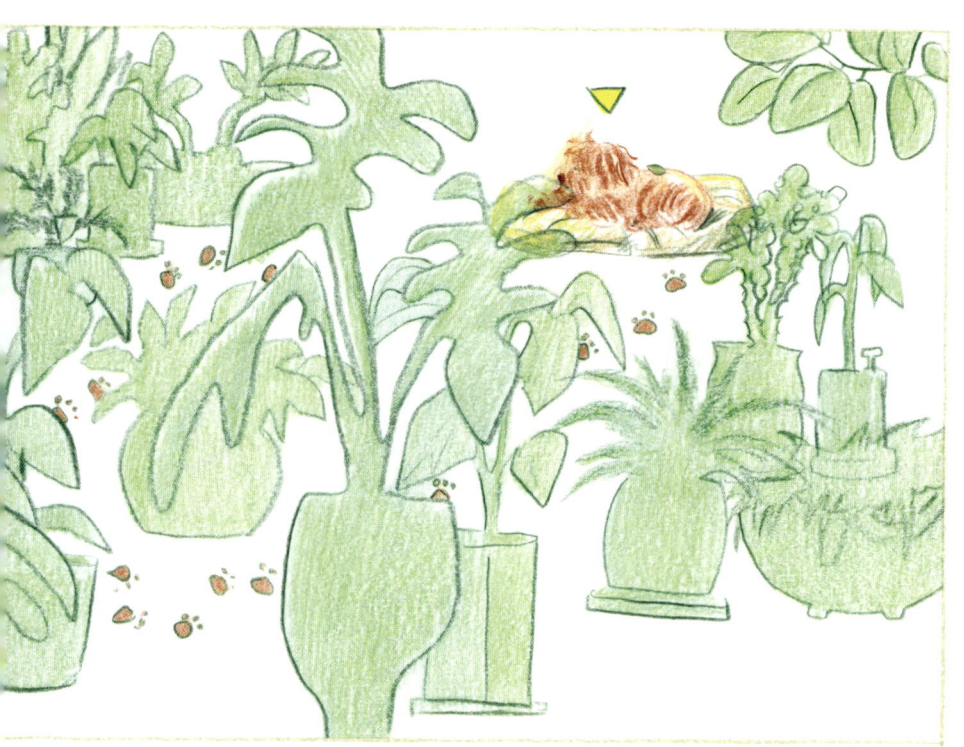

담담이의 일광욕 자리다. 녀석은 수시로 그곳으로 달려가
햇볕을 쬐이며 바깥 구경을 하는데, 화분이 많아지다 보니
녀석이 방석까지 가는 길은 꽤나 험난해졌다.
화분 사이 생겨난 틈을 이용해서 요리조리 쏙쏙!
정원에 담담이의 골목길이 생긴 거다.
그런데 내가 고사리 화분을 놓으면서 골목길이 막힌 거였다.
황급히 사과를 건넨다.
"담담아, 몰랐어. 미안! 미안!"
담담이는 '왜 그랬어?'라는 듯 두어 번 짖고는 꼬리를 흔들며 방석으로 달려갔다.
그리고 '이 맛이지.' 하며 창틀에 턱을 대고 앉아서 바깥 구경을 하더니
어느새 꼬박꼬박 졸기 시작한다.
작은 정원에 생긴 담담이 골목길이라니!
실없이 자꾸 웃음이 나왔다.

가만 생각해 보니 정원엔 강아지 길만 있는 게 아니었다.
문을 활짝 열면 고사리 이파리들이 출렁출렁!
바람이 흐르는 바람길이 생긴다.
혹시 화분들 옆으론 이름 모를 벌레들이 오가는
벌레 길도 있을지 모를 일이다.
어쩌면 나도 여기에 작은 골목길 하나를 만들고 있는 건 아닐까?
바지런히 오가는 할머니의 발을 따라가 본다.
길이 있어서 가는 게 아니라,
가면 길이 된다고 하지 않던가.

물 주기

밀당

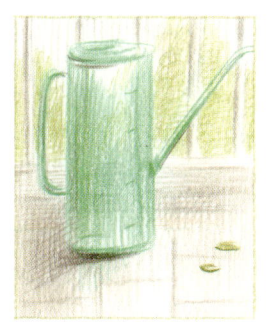

담담이 얘기가 나왔으니 말인데 담담이에겐 다양한 표정이 있다.
잠시 녀석의 표정을 감상해 볼까.

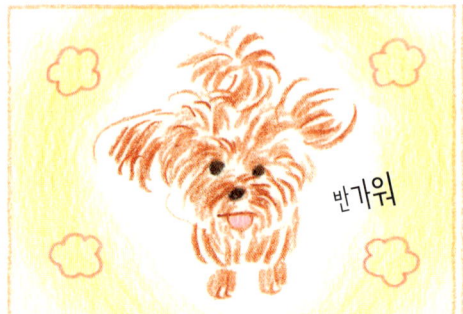

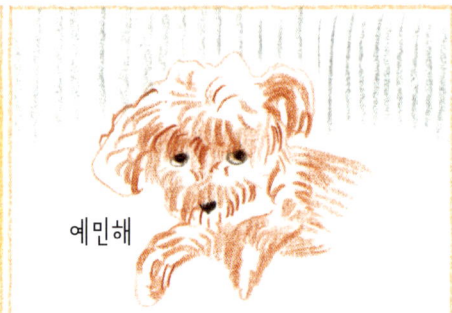

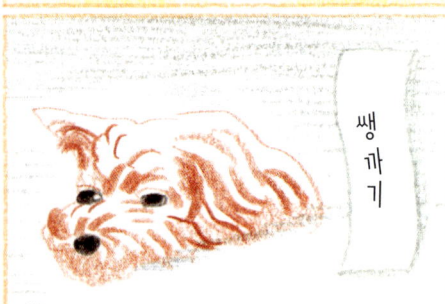

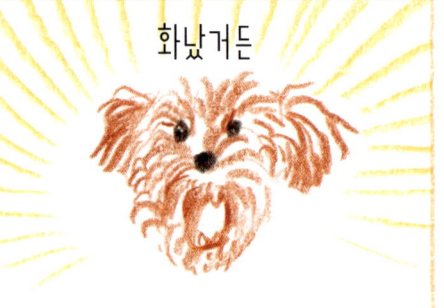

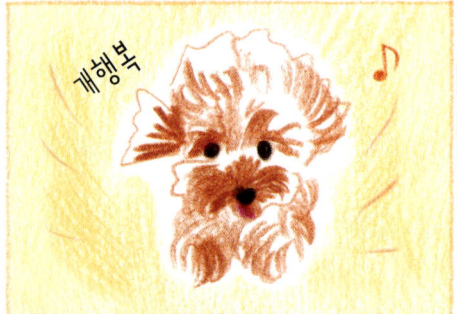

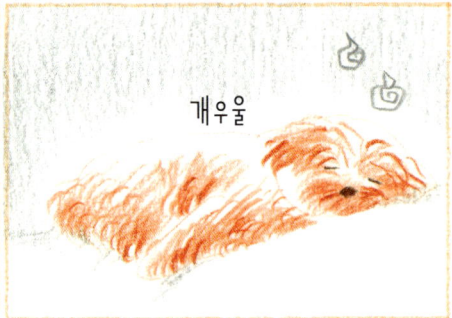

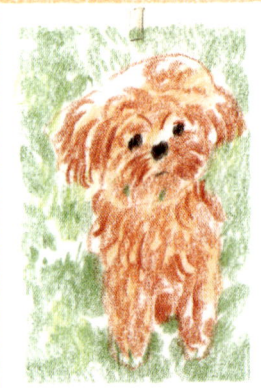

담담이 프로필

취미: 일광욕, 식물 냄새 맡기
특기: 사람 뒤 졸졸 따라다니기
좋아하는 거: 동네 산책
싫어하는 거: 내가 작업하는 시간

사실 담담이는 엄마의 개였는데, 엄마가 돌아가신 뒤
어쩔 수 없이 나와 살게 되었다.
이쯤에서 돌아가신 엄마 이야기를 해 봐야지 싶다.
엄마는 지방 소도시에서 초등학교 선생님을 하면서
평생 우리 남매를 키우셨다.
동생과 내가 각자 다른 도시로 간 뒤엔 혼자 사셨는데
두 해 전부터 병을 앓으시다가 홀연 돌아가시고 말았다.
소설 연재를 핑계로 잘 가 보지도 못했던 터라
엄마가 돌아가셨을 땐 충격이 컸다.
준비하지 못한 이별이라 지금도 실감이 나질 않는다.
그래선지 엄마를 생각하면 가슴이 먹먹하다.
장례식을 치르고 두어 달이 훌쩍 지나서야
엄마의 짐을 정리할 엄두가 났는데, 남겨진 짐을 정리하다가
차마 버리지 못해서 가져온 게 토분과 화초 일곱 개였다.
주인을 잃은 실내 화초들은 모두 말라 죽었는데,
마당에 나와 있던 토분 속 화초 일곱 개가 살아 있었다.
엄마가 볕을 보여 줄 요량으로 마당에 내놓았던 모양이다.
가끔 내리던 비를 맞고 간신히 살아남았을 것이다.

할머니 손을 거쳐 다시 식물의 터가 된 토분들을 본다.
엄마는 토분의 화초들을 키우며 혼자의 시간을 버텨 냈던 걸까?
"멍! 멍!"
그렇다는 듯 담담이가 짖는다.

토분을 가져올 때 덩달아 함께 온 게 담담이다. 옆집 아주머니에게 맡겨졌던
녀석을 그때 데리고 왔다. 엄마 옆에서 친구가 되어 준 녀석인데,
여동생보다는 그래도 날 본 날이 많다고 내 뒤를 졸졸 따랐기 때문이다.
엄마를 잃은 담담이는 여기 와서 내내 우울증을 앓는 듯했다.
하지만 난 그걸 살필 여유가 없었던 터라 녀석은 그냥 방치되고 있던 거나
마찬가지였다. 담담이도 나처럼 그 시간을 간신히 버텨 내고 있었던 걸까?
담담이를 위기에서 구한 건 할머니다. 할머니를 만난 이후
녀석의 표정과 몸짓, 목소리까지 확연히 달라졌다.
종종 할머니가 산책이라도 시켜 주는 날이면 뒤를 따르는
녀석의 엉덩이와 꼬리가 팔랑팔랑 춤을 춘다.
통증이 사라진 왼손으로 작은 물조리개를 들어 본다.
이 정도는 이제 들 수 있다.
어느새 담담이와 산책을 마치고 온 할머니가 동그래진 눈으로 다가온다.

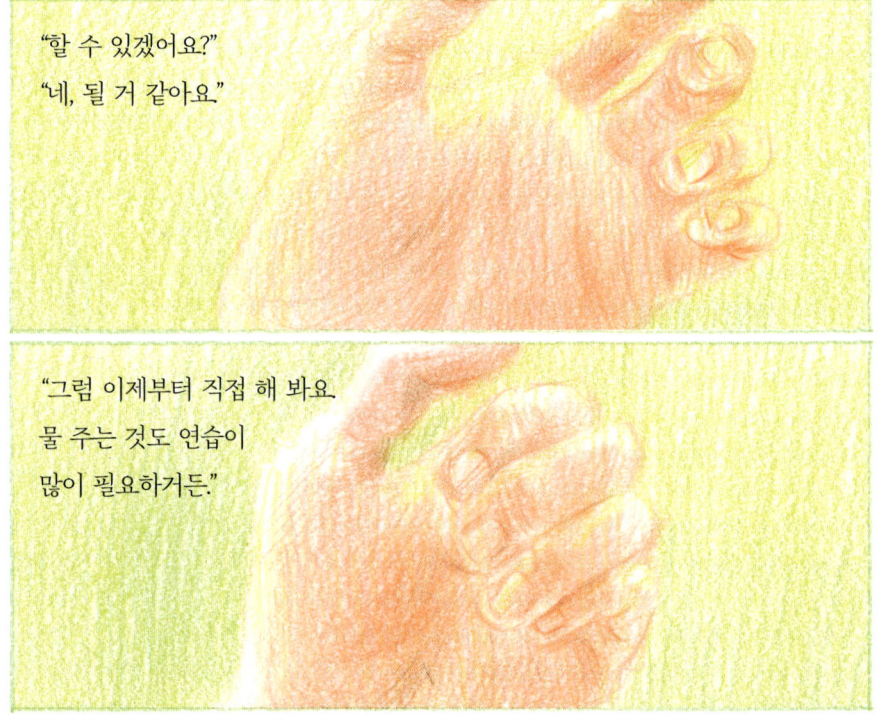

"할 수 있겠어요?"
"네, 될 거 같아요"

"그럼 이제부터 직접 해 봐요.
물 주는 것도 연습이
많이 필요하거든"

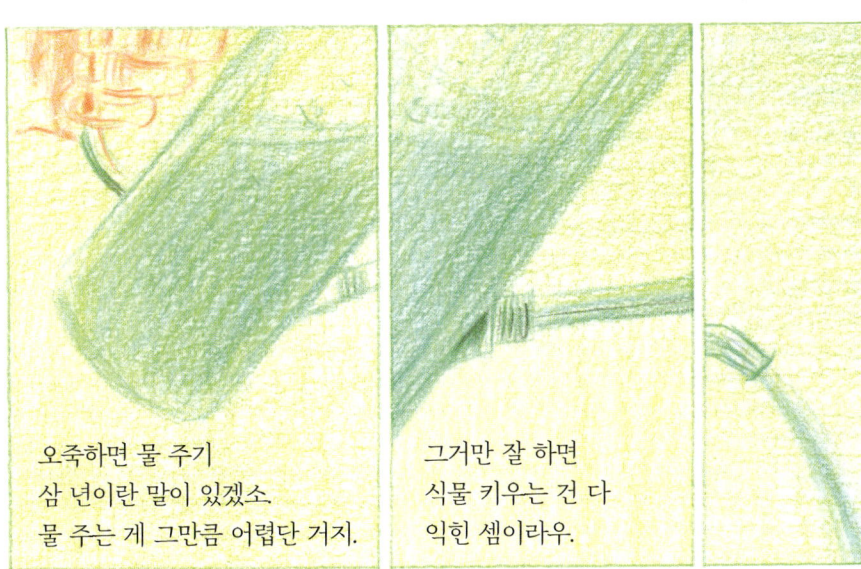

오죽하면 물 주기
삼 년이란 말이 있겠소.
물 주는 게 그만큼 어렵단 거지.

그거만 잘 하면
식물 키우는 건 다
익힌 셈이라우.

언제 물을 주어야 할까?

물을 주는 주기는 '일주일에 한 번, 3일에 한 번'처럼 정해져 있는 게 아니다.
같은 식물이라도 화분 종류, 빛, 습도, 통풍 등 자라는 환경에 따라 알맞은 주기가 따로 있다.
물을 줄 때 물구멍으로 물이 조금 흐를 정도로 흠뻑 준다. 물을 주는 시기는
나름의 규칙을 정하는 게 좋은데, 다음과 같다.

① 흙이 말랐을 때

가장 기본은 겉흙이 말라 물기가 없어 보일 때 주면 된다. 하지만
제라늄, 베고니아처럼 과습에 약한 식물은 겉흙만이 아니라 속흙도
어느 정도 말랐을 때 주는 게 좋다. 속흙을 확인하기 위해선 손으로
직접 만져 보거나 나무젓가락을 흙에 꽂아 보면 된다. 젓가락에
물기가 묻어나지 않으면 물을 준다.

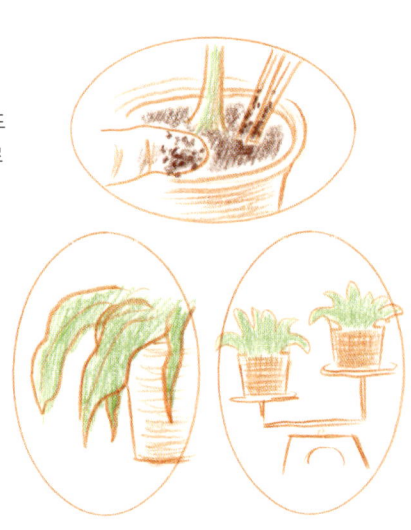

② 식물의 잎이 축 처져 있을 때

보통은 목이 마르단 뜻이니 바로 물을 흠뻑 준다.

③ 화분을 들었을 때 가볍게 느끼질 때

물을 막 준 화분과 흙이 마른 화분은 들어 보면 무게가
다르다. 흙이 마른 화분은 훨씬 가벼워진다. 살짝 들어 본
화분이 가볍다면 물을 줄 때다.

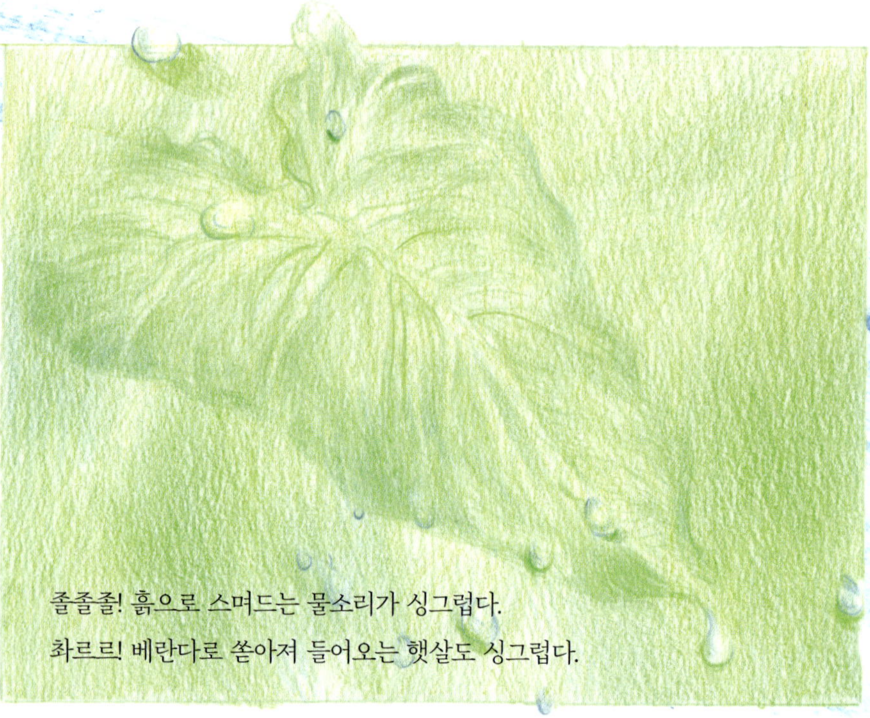

졸졸졸! 흙으로 스며드는 물소리가 싱그럽다.
촤르릭! 베란다로 쏟아져 들어오는 햇살도 싱그럽다.

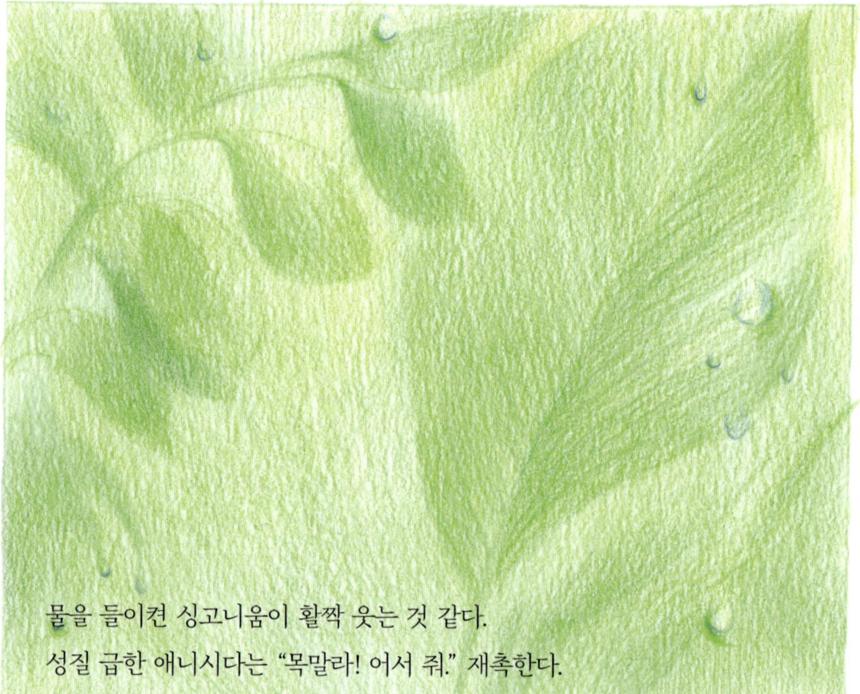

물을 들이켠 싱고니움이 활짝 웃는 것 같다.
성질 급한 애니시다는 "목말라! 어서 줘." 재촉한다.

"오래 키우다 보면 식물들 표정도 보이는 거
알아요? 말도 걸어온다우."
"말을요? 에이…."
"정말이라우. 내가 울고 있으면 '괜찮아! 괜찮아!'
토닥여 주고, 웃으면 저들도 신나서 춤을 추고
그래. 저 애들이 아주 영물이거든. 예전에
영감 보내고서 두어 달은 산송장처럼 살았는데,
화초 물 주는 것도 하는 둥 마는 둥 넋이 나가
있었지. 근데 하루는 자꾸 귀가 간질간질한 거야.
뭔 소리가 바스락바스락 들리는 것도 같고 말이야.
나 혼잔데 소리가 날 곳이 없잖우. 내가 이제
미치나 보다 하는데, 물! 물! 목말라요! 하는
소리가 귀에서 울려. 세상에나! 고개를 들어
소리 나는 쪽을 보니 잎이 바싹 마른 애가
보이는 거야. 푸미라라는 건데 그게 잎이
아주 얇고 작아서 물을 자주 줘야 하거든.
내가 몇 날이나 물 주는 걸 잊었던 거야.
제가 살고 싶어 그랬나, 나한테 그렇게 물 달라고
소리친 거지.
넋 놓고 누웠다가 깜짝 놀라 벌떡 일어났지 뭐유.
그리고 물을 흠뻑 줬어. 그 물을 마시고서
하늘거리며 웃는 초록 잎이 얼마나 예쁘던지….
그날로 나도 몸을 일으켰다우."

할머니는 한숨을 길게 뱉더니 한 소리 더 한다.

"작가 선생이라니 더 잘 들릴지도 모르겠네. 잘 들어 봐요
저 녀석들이 뭐라고 말을 걸어오는지."

"그럴 리가요…."

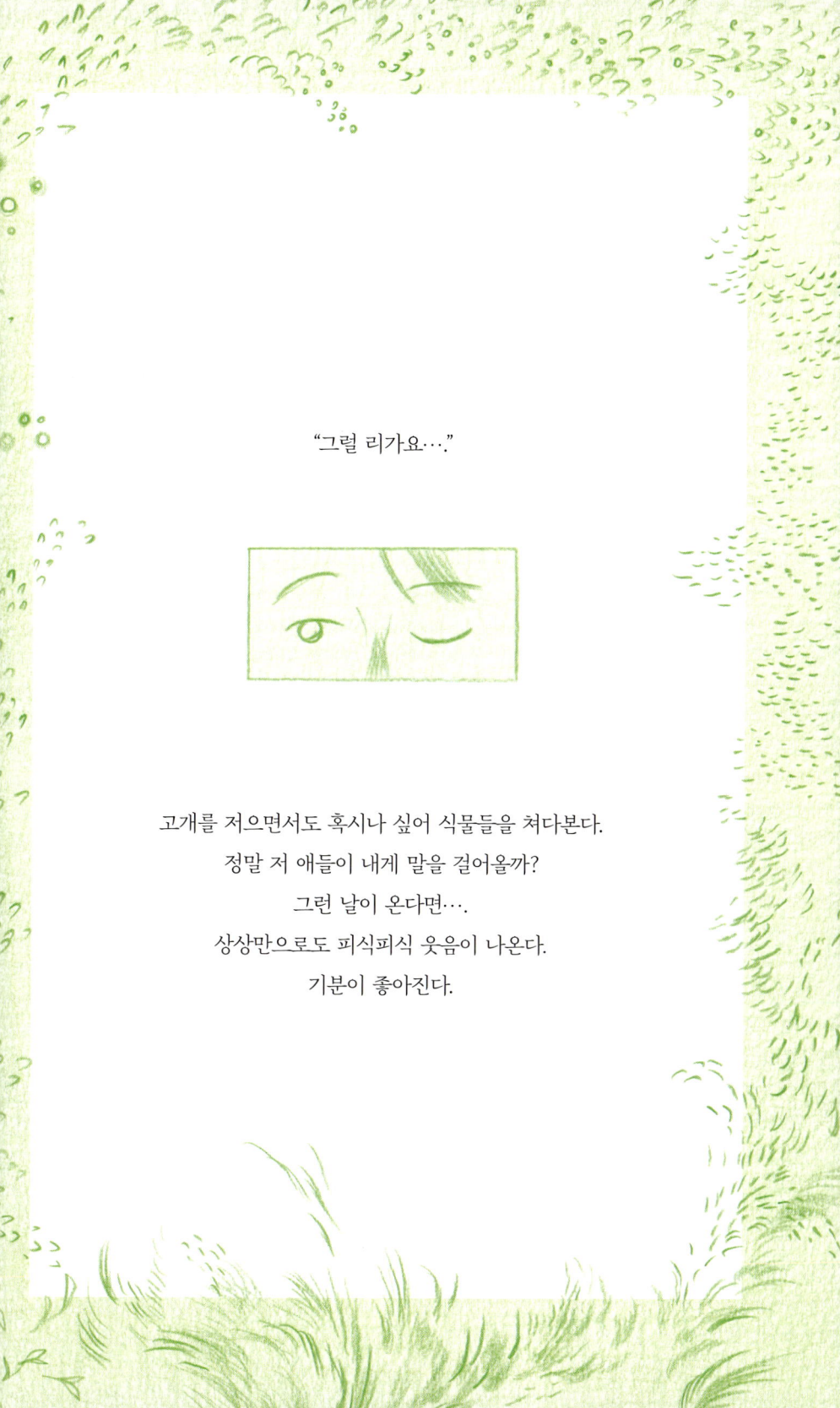

고개를 저으면서도 혹시나 싶어 식물들을 쳐다본다.
정말 저 애들이 내게 말을 걸어올까?
그런 날이 온다면….
상상만으로도 피식피식 웃음이 나온다.
기분이 좋아진다.

내친김에 제라늄 화분에 물을 주기로 한다.
하지만 할머니가 물조리개를 막고 선다.
"안 돼요! 제라늄들은 내일이나 모레쯤 주는 게 적당해."
"겉흙이 말랐는데요?"
"만져 보니까 흙에 물기가 있어. 이틀만 참아요. 당장 주고 싶어도
하루 이틀만 꾹 참기! 그게 물 주기의 최고 비법이라우."
물 주기 밀당이다. 사랑에만 밀당이 필요한 게 아니었던 거다.

너무 박해도 안 되고, 너무 퍼주어도 안 된단다.
딱 적당한 만큼!

어렵다. 물 주기조차 밀당이 필요하다니….

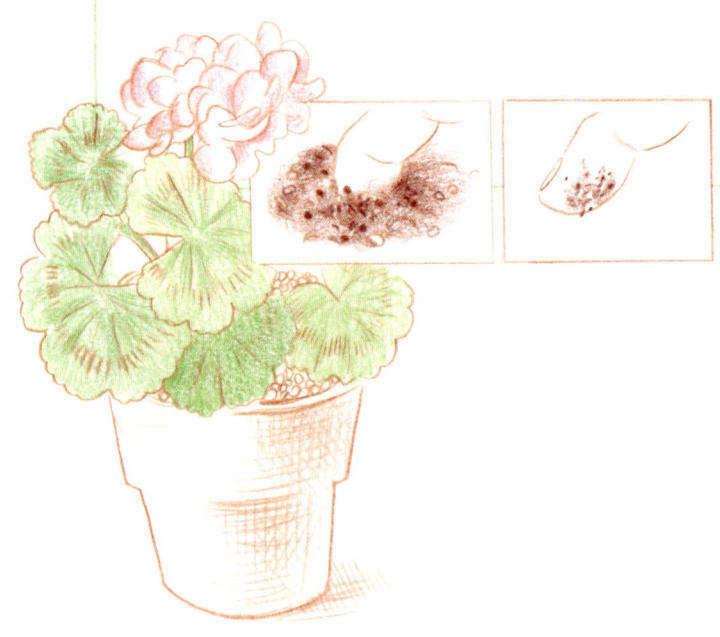

엄마의 가드닝 도구

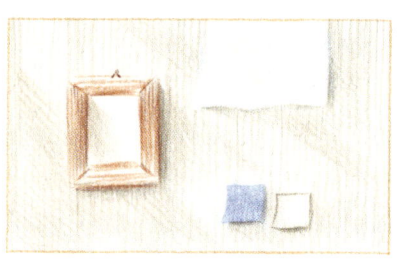

오늘은 할머니가 베란다 청소를 하겠단다.

쏴아아~ 쏴아~

수도에서 쏟아져 나오는 물소리가 시원하다.

턱을 넘어가려는 물살을 쓸어 내다가 창고 문을 열게 된

할머니가 흥분한 목소리로 물었다.

"도구가 많네. 이런 건 다 어디서 났수?"

창고 안에 넣어 둔 엄마의 가드닝 도구들을 본 모양이다.

토분과 함께 실려 온 것들이다.

"엄마 거예요. 뭔지 몰라서 그냥…."

"이거 내가 닦아서 정리해 둬도 돼요?"

"그러실 필요 없어요. 쓸 것도 아니라…."

"화초 키울 때 다 필요한 건데. 내가 좀 닦아 둘게요."

마지못해 고개를 끄덕이는데, 할머니는 신이 난 눈치다.

흥얼흥얼 콧노래까지 부르며 도구들을 닦는다.

도구를 하나씩 꺼낼 때마다 쓰임새도 노래하듯 읊어 대신다.

옆에 딱 붙어서 킁킁 냄새를 맡는 담담이 들으란 건지,

날 보고 들으란 소린지 모르겠다.

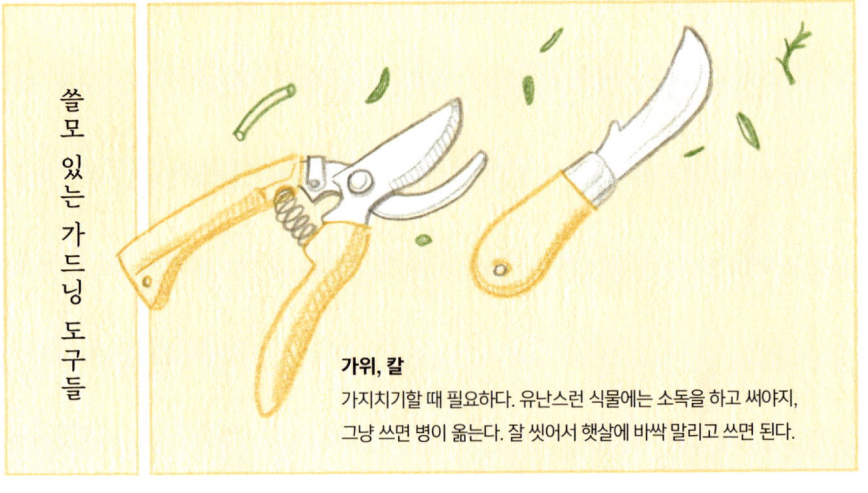

쓸모 있는 가드닝 도구들

가위, 칼
가지치기할 때 필요하다. 유난스런 식물에는 소독을 하고 써야지,
그냥 쓰면 병이 옮는다. 잘 씻어서 햇살에 바싹 말리고 쓰면 된다.

물조리개

겨울이 되면 수돗물이 얼 정도로
추운 날이 있다. 그럴 땐 전날 밤에
여기에 미리 물을 받아 둔다. 그럼
아침에 물이 좀 덜 차갑다. 그걸
주면 얘들도 덜 춥겠지?

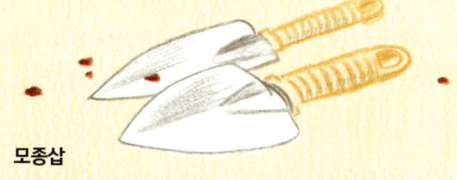

모종삽

분갈이를 할 때 꼭 필요하다. 쇠로 된 건 녹슬지 않게 관리해야
한다. 요즘은 다양한 크기와 색깔의 플라스틱 삽도 나온다.

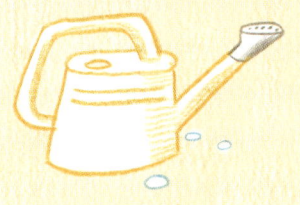

장갑

맨손으로 흙을 만지면
기분이 참 좋지만
그래도 시골 할머니
손이 되고 싶지 않다면
목장갑을 껴야 한다.

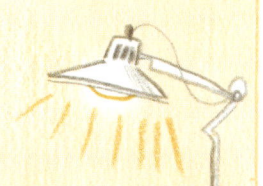

분무용 스프레이

고사리는 습한 걸 좋아한다.
여기 물을 받아서 매일 한 번씩
뿌려 주면 가습기가 따로
필요 없다.

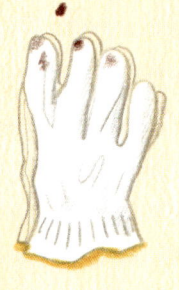

챙 모자

옥상 정원에 나갈 땐 꼭 써야 한다.
집 안에서도 아침엔 모자를 쓰고
물을 주는 게 좋다. 안 그러면 기미
대장이 될지 모른다.

빗자루, 쓰레받기

집 안에서 화초를 기를 땐 매일 흙먼지 쓸어 내는 게 일이다.
청소기보다 빗자루가 유용할 때가 있다.

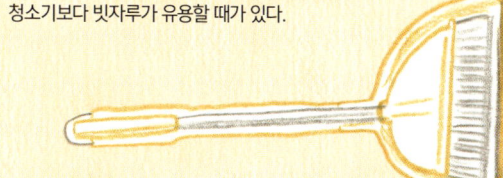

식물 등

여름 장마철이나 해가
적은 겨울날에 켜 두면
좋다. 사실 자연에서
사는 식물들도 장마철엔
해 덜 받고도 잘 살고,
음지에서도 그럭저럭
자란다. 그러니까 꼭
필요한 건 아니다.
식물도 해나 빛 없이
지내고 싶은 날이
있지 않을까?

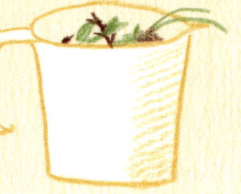

작은 쓰레기통

들고 다니면서 시든 잎이랑 꽃을
담을 크기면 된다. 손잡이가
있으면 편리하다.

도구 정리를 마친 할머니가 소리친다.
"이것들 다 도로 넣어 놔요? 지금 바로 써도 될 것 같은데?"
잠시 고민해 본다. 베란다 안쪽에 가지런히 놓인
도구들이 토분들과 꽤나 잘 어울린다.
"그냥 꺼내 두세요."
"그래요, 그래! 잘 생각했어요"

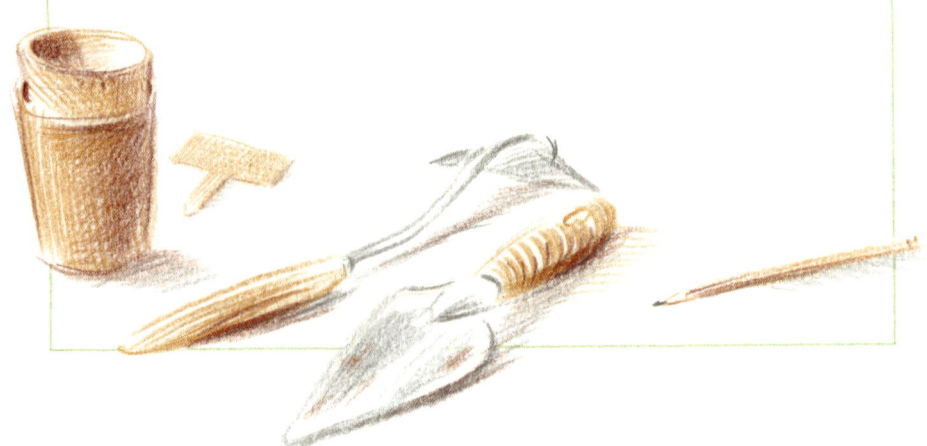

소소한 즐거움

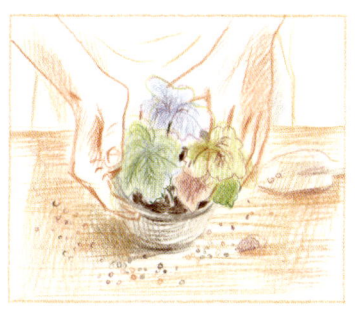

아침이면 베란다를 오락가락하는 습관이 생겼다. 오늘도 괜스레 베란다를
오가다 큰 화분 위에 올려놓은 휴케라 화분과 툭 부딪히고 말았다.
쿵! 토분이 떨어지며 깨져 버렸다. 토분 안의 흙들이 화르르 흩어지자
허연 휴케라 뿌리가 벌러덩 드러눕는다

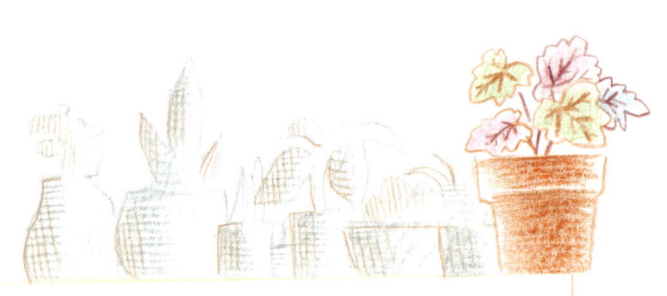

틱! 틱! 틱!
버튼 누르는 소리가 들리더니
현관문이 열린다.
"멍! 멍!"
담담이가 반갑게 꼬리를 치며
할머니를 반겼다. 들어서는 할머니를 향해
담담이 녀석이 수다를 떨어 댄다.
베란다 쪽으로 고갯짓을 하며 이끄는
모양새가 딱 고자질이다.
"저기로 가 보라고? 왜? 뭔 일 있나?"
담담이를 따라온 할머니가 부서진
토분과 당황한 나를 보고 빙긋 웃는다.
"이거였구먼."
"제가 부딪혀서 그만…. 금방 치울게요."
"어딜, 어딜! 내가 할게요. 손도 성치 않은데
그러다 다쳐요. 내가 치우고 다른 화분에
다시 심어 줄게요."

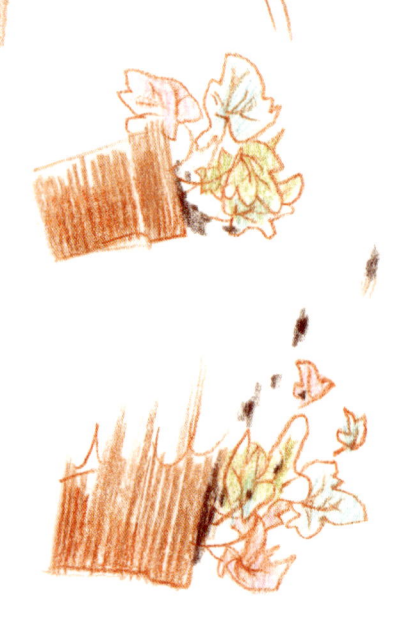

가드닝의 기본, 분갈이하는 법

① 화분 바닥에 깔망을 올리고 작은 자갈이나 난석을 조금 깔아 배수층을 만든다.

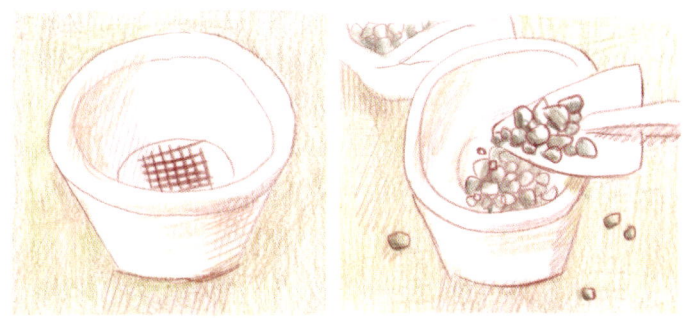

② 분갈이용 흙을 올리고 화초를 올린 뒤 다시 흙으로 마무리.

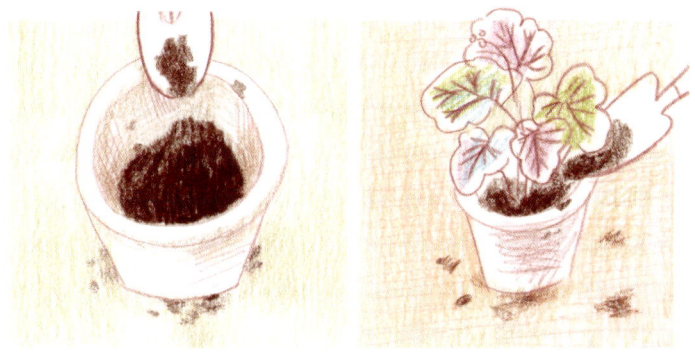

③ 흠뻑 물을 주어 화분 구멍으로 물이 잘 흐르나 확인하는 걸로 분갈이는 끝.

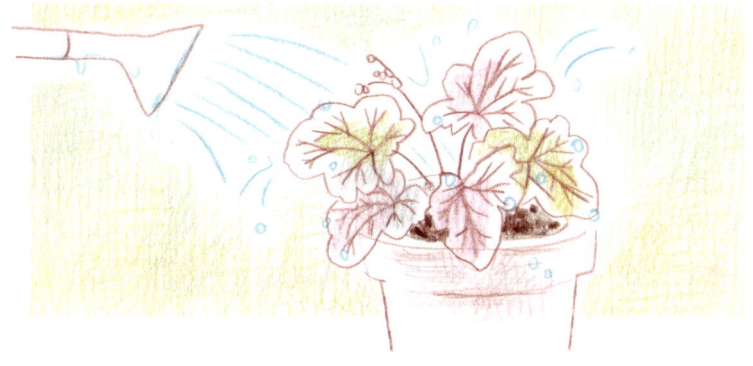

"식물 키우다 보면 이런 사고는 다반사지. 쉬운 일은 아니야.
난 옥상 화초들 걱정에 30일 이상은 여행도 못 간다우.
물 때를 놓치면 죽는 애들이 생기니까."
"정말요? 가족들한테 맡기면 되잖아요."
"나도 혼자 살거든요. 아들 하나 있는데 미국에서 살아요. 요즘은 사는 게
좀 무료하다 싶더라고. 적적하기도 하고. 마침 미장원에 갔더니
젊은 남자 집에서 사람을 구한다기에 내가 번쩍 손을 들었지."

"식물 키우는 거 힘들지 않으세요?"
"힘이야 들지요. 이거 봐요, 내 손가락."
할머니의 오른손 검지 손톱이 유독 거무데데하다.
"물기를 가늠하느라고 손가락으로 흙을 만지다 보니 흙물이 빠질 날이 없다우.
장갑을 끼는 습관을 들이려 해도 장갑으로 느끼는 감촉은 맨손의 감촉과는
천지 차이거든. 무거운 화분을 들었다 났다 하는 것도 문제야. 손목과 어깨에
파스가 떨어질 날이 없어. 영감이 있을 땐 다 영감 시키면 될 일이었는데…."

할머니는 할아버지를 떠올린 듯
잠시 멍하니 생각에 잠겼다.
그러다 번뜩 정신을 차리며 웃는다.
"그래도 옥상 애들은 포기 못 하지.
그게 주는 즐거움이 보통이 아니거든."
식물이 주는 즐거움이라….
굳이 말하지 않아도 조금은 알 것 같다.
사실 나도 최근 묘한 즐거움을
느끼고 있어서다.

아침이면 햇살 아래 반짝이는
고무나무 이파리를 수건으로 닦아 낸다.
먼지 닦인 푸른 잎이 주는 상큼함이
꽤나 즐겁다.
펴질 듯 말 듯 감질나게 버티던 꽃봉오리가
팡 터지면 꽃과 함께 피어나는 즐거움….
휘이잉, 불어온 바람 한 점에 푸르게
일렁이는 초록 물결을 보는 즐거움….
소소하지만 큰 즐거움들이다.
낮과 밤이 바뀌고 좀처럼 아침잠에서
깨어나지 못하던 내가 창가 햇살이
비치기 무섭게 눈을 뜨게 된 것도
그 즐거움 탓이겠지.

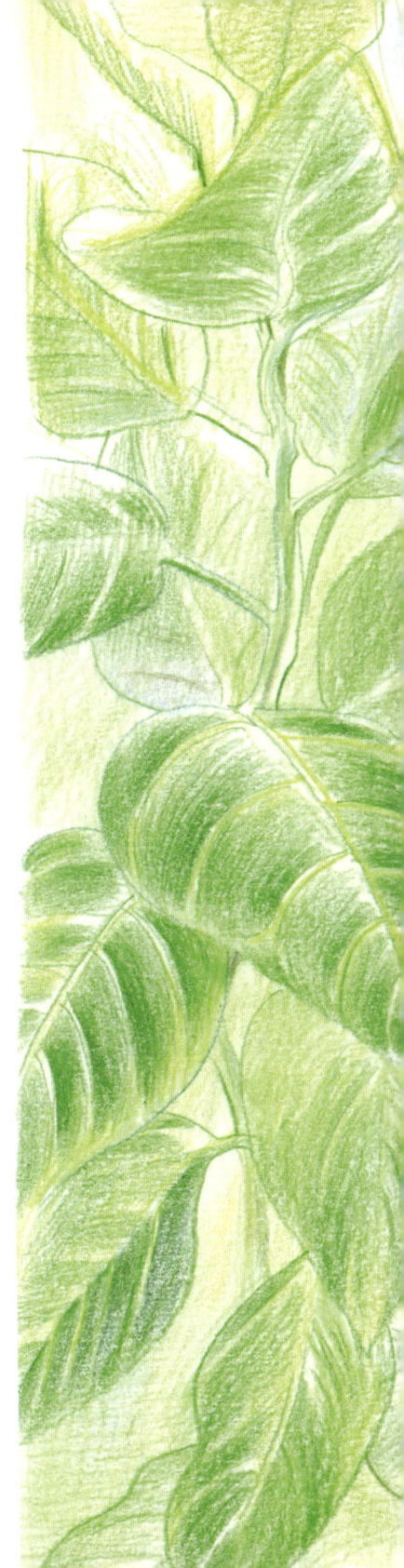

할머니가 방금 만든 밑반찬을 냉장고에 넣으며 소소한 잔소리를 한다.
"밥 잘 챙겨 먹어요. 저기 된장국도 끓여 놨으니까 이따가 데워 먹어요."
집으로 돌아가려고 가방을 주섬주섬 챙기는 할머니 등이 오늘따라
외로워 보인다.
'나도 혼자 살거든요….' 좀 전에 들은 말이 귀에서 뱅뱅 맴돈다.
에라, 모르겠다! 된장국 냄비를 들고 와 식탁에 올린다. 냉장고를 열고
좀 전에 들어간 밑반찬들을 꺼낸다. 할머니가 어리둥절한 표정으로 본다.
"왜, 왜 그래요?"
"지금 밥 먹으려고요."
밥통을 열고 밥공기 두 개를 가져와 갓 지어진 따끈한 밥도
왼손으로 어설프게 푼다.
"할머니도 드시고 가세요. 어차피 집에 가면 혼자 드실 거잖아요.
같이 먹고 가세요."
할머니 눈이 휘둥그레졌다. 당황하면서도 몹시 반가운 눈치다.
냉큼 수저 두 벌을 챙겨 온다.
"그럴까요? 하긴 혼자보다야 둘이서 먹는 게 맞지. 암만!"
"멍! 멍! 멍!"
할머니가 다시 의자에 앉는 걸 본 담담이가 신이 나서 짖어 댔다.

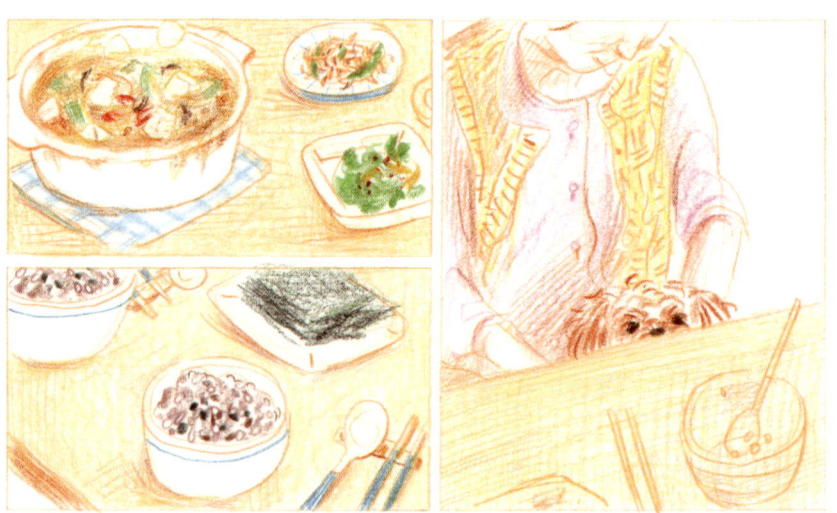

플랜테리어 식물 추천

식물이나 화분으로 포인트를 주는 인테리어를 플랜테리어라고 한다.
인기 있는 플랜테리어 식물 중 키우기 쉬운 세 가지!

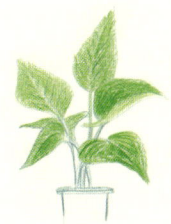 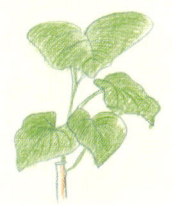 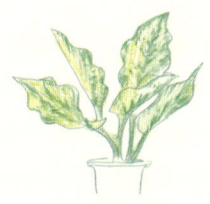

스킨답서스 풍성한 잎이 주는 싱그러움이 최고다. 초록 스킨답서스가 가장 인기 있지만 형광 스킨답서스나 알록달록한 무늬가 예쁜 엔조이 스킨답서스도 좋다.

휘커스 움베르타 큰 키에 너풀너풀 거대한 잎을 자랑하는 움베르타! 공간을 압도하는 세련된 존재감으론 최고다.

아글라오네마 스노우 사파이어 화려한 잎이라면 역시 아글라오네마. 종류도 수십 종이나 되고, 그늘에서도 키우기 쉽다.

독특하고 이색적인 분위기를 원한다면?

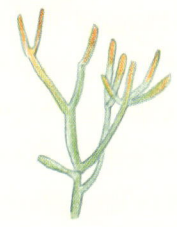 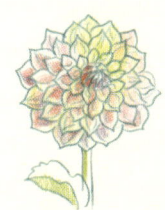 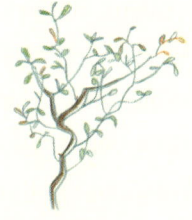

파티오라금 선인장과인데 연필을 닮은 외형 탓에 연필선인장으로도 불린다.

달리아 1.5미터까지 자라는 화초. 독특한 느낌이 압도적이다.

마오리 코로키아 마오리족의 강한 생명력을 받았다고 전해지는 나무. 뉴질랜드에선 가로수로 쓰인다.

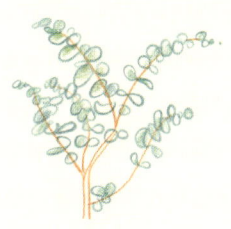 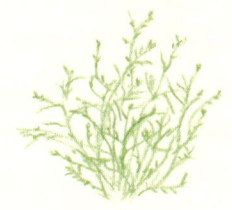 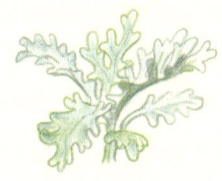

유칼립투스 인기가 많은 식물. 나무 한 그루만으로도 독특한 분위기를 연출할 수 있다.

쿠션부시 호주 남부 지역의 식물로 은빛의 신비스런 분위기를 풍긴다. 햇빛을 받을수록 은빛이 잘 유지된다.

백묘국(설국) 눈을 맞은 것 같은 은빛 잎이 신비롭다. 쿠션부시와 백묘국은 검은 토분에 심으면 독특한 매력이 더욱 살아난다.

정글로의 초대

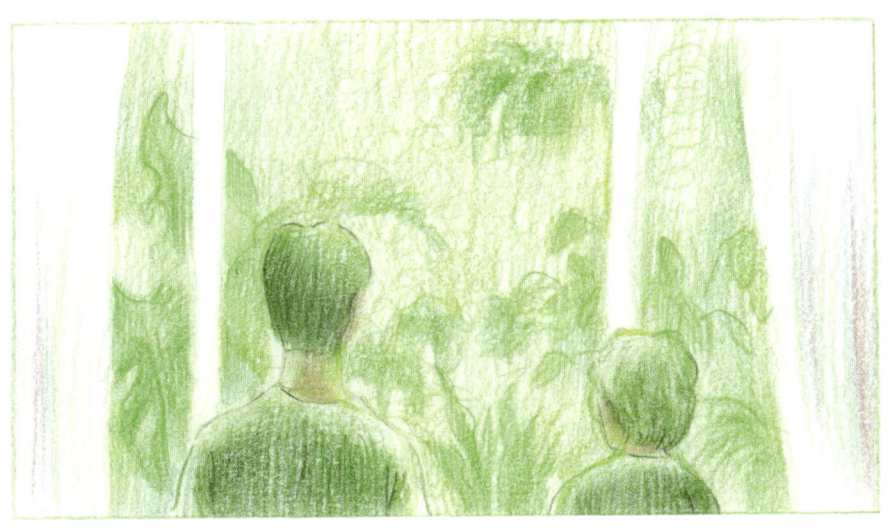

"얘들 중에 누가 제일 좋아요?"
할머니가 베린다를 보며 물었다.
"…다 좋죠 뭐."

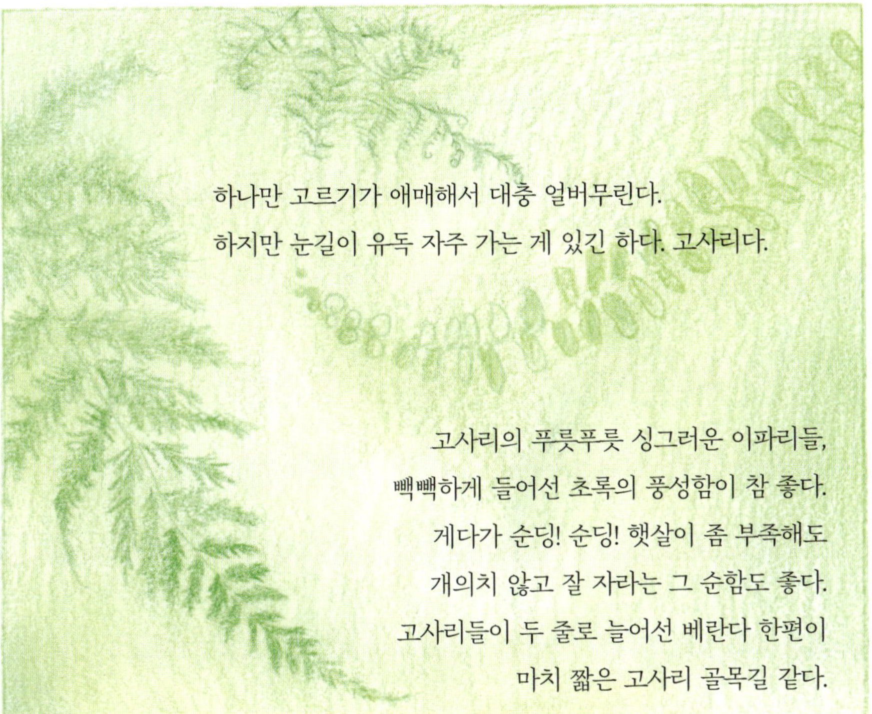

하나만 고르기가 애매해서 대충 얼버무린다.
하지만 눈길이 유독 자주 가는 게 있긴 하다. 고사리다.

고사리의 푸릇푸릇 싱그러운 이파리들,
빽빽하게 들어선 초록의 풍성함이 참 좋다.
게다가 순딩! 순딩! 햇살이 좀 부족해도
개의치 않고 잘 자라는 그 순함도 좋다.
고사리들이 두 줄로 늘어선 베란다 한편이
마치 짧은 고사리 골목길 같다.

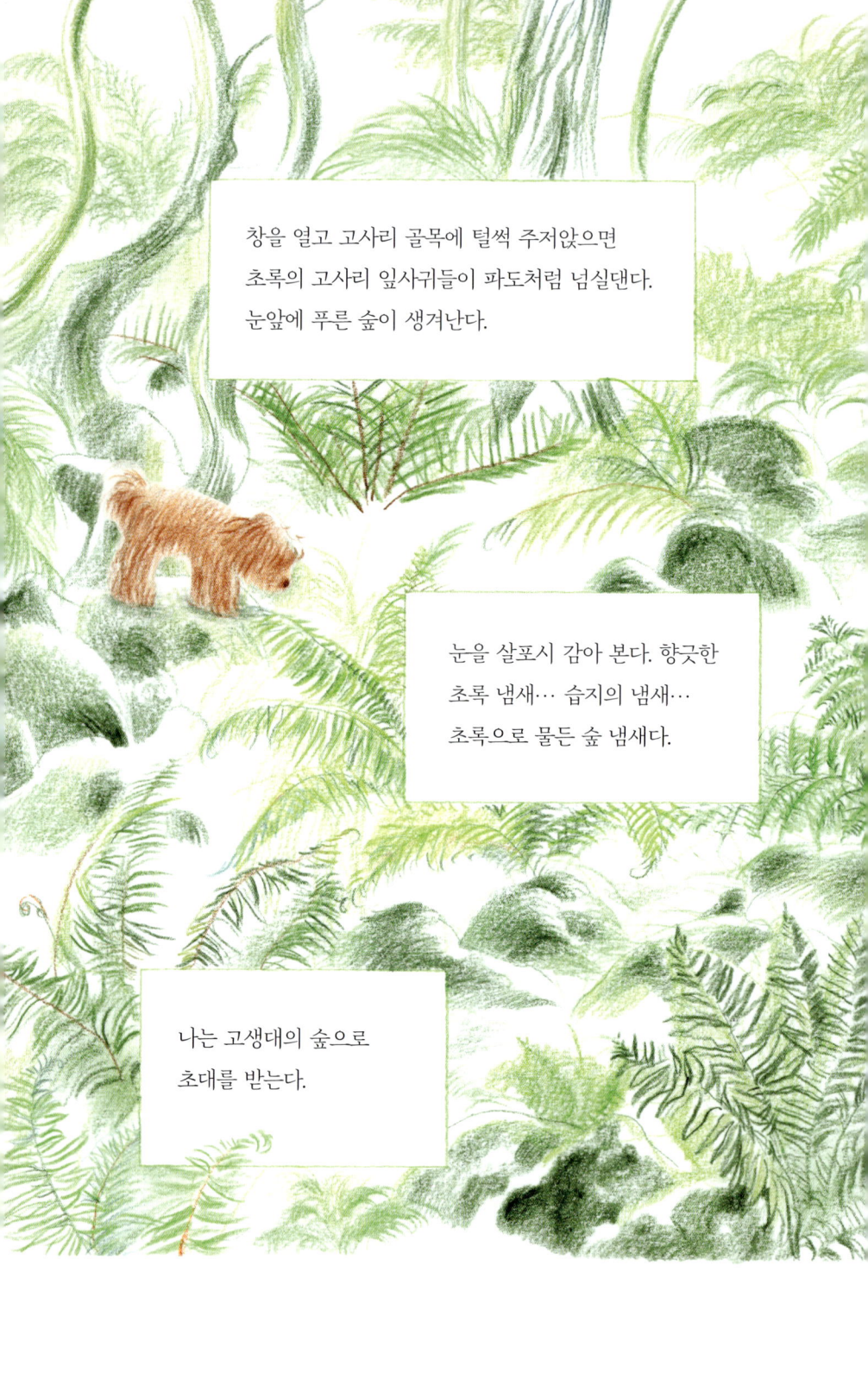

창을 열고 고사리 골목에 털썩 주저앉으면
초록의 고사리 잎사귀들이 파도처럼 넘실댄다.
눈앞에 푸른 숲이 생겨난다.

눈을 살포시 감아 본다. 향긋한
초록 냄새… 습지의 냄새…
초록으로 물든 숲 냄새다.

나는 고생대의 숲으로
초대를 받는다.

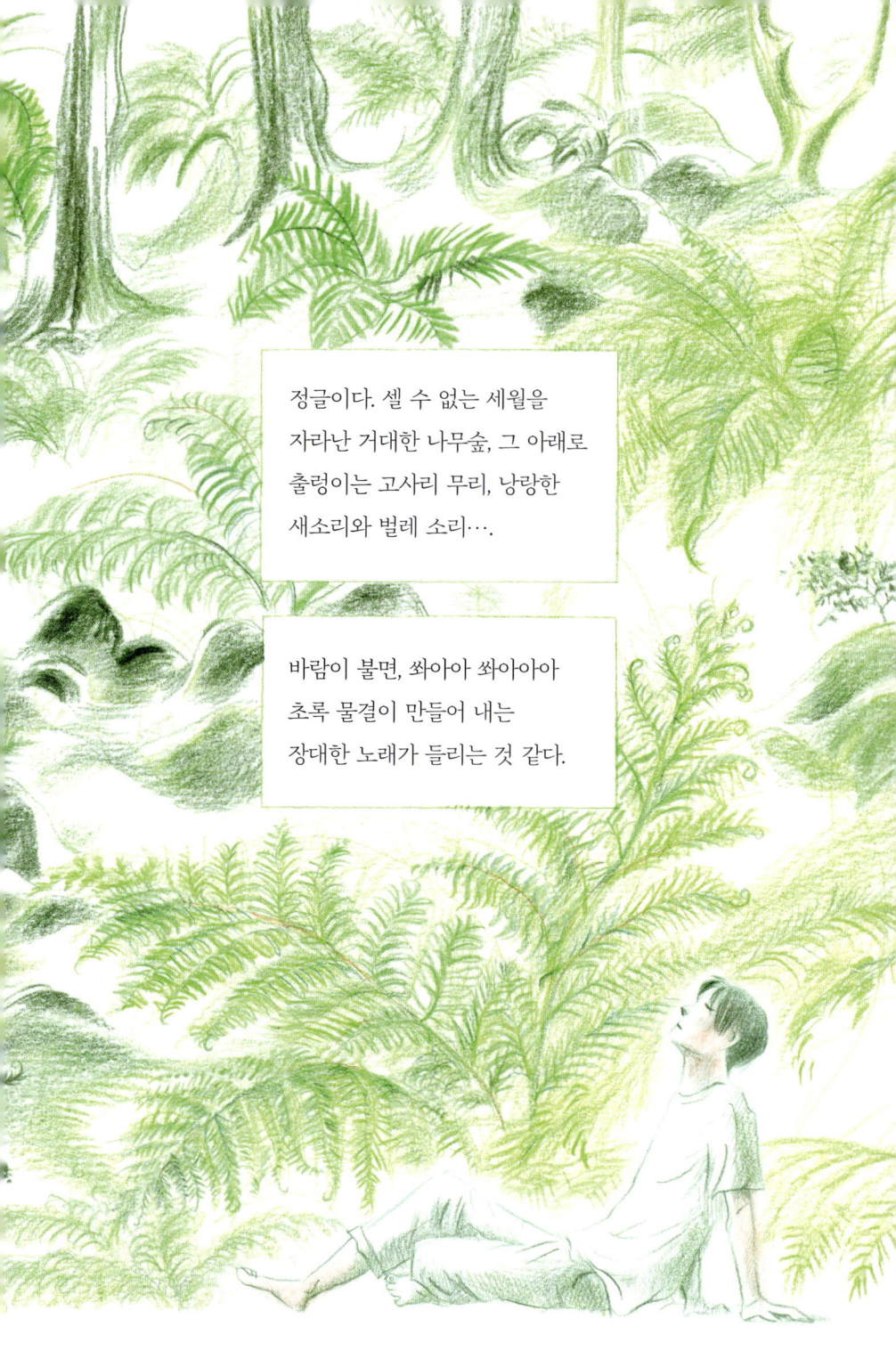

정글이다. 셀 수 없는 세월을
자라난 거대한 나무숲, 그 아래로
출렁이는 고사리 무리, 낭랑한
새소리와 벌레 소리….

바람이 불면, 쏴아아 쏴아아아
초록 물결이 만들어 내는
장대한 노래가 들리는 것 같다.

머릿속이 맑아진다. 마음이 들뜬다.

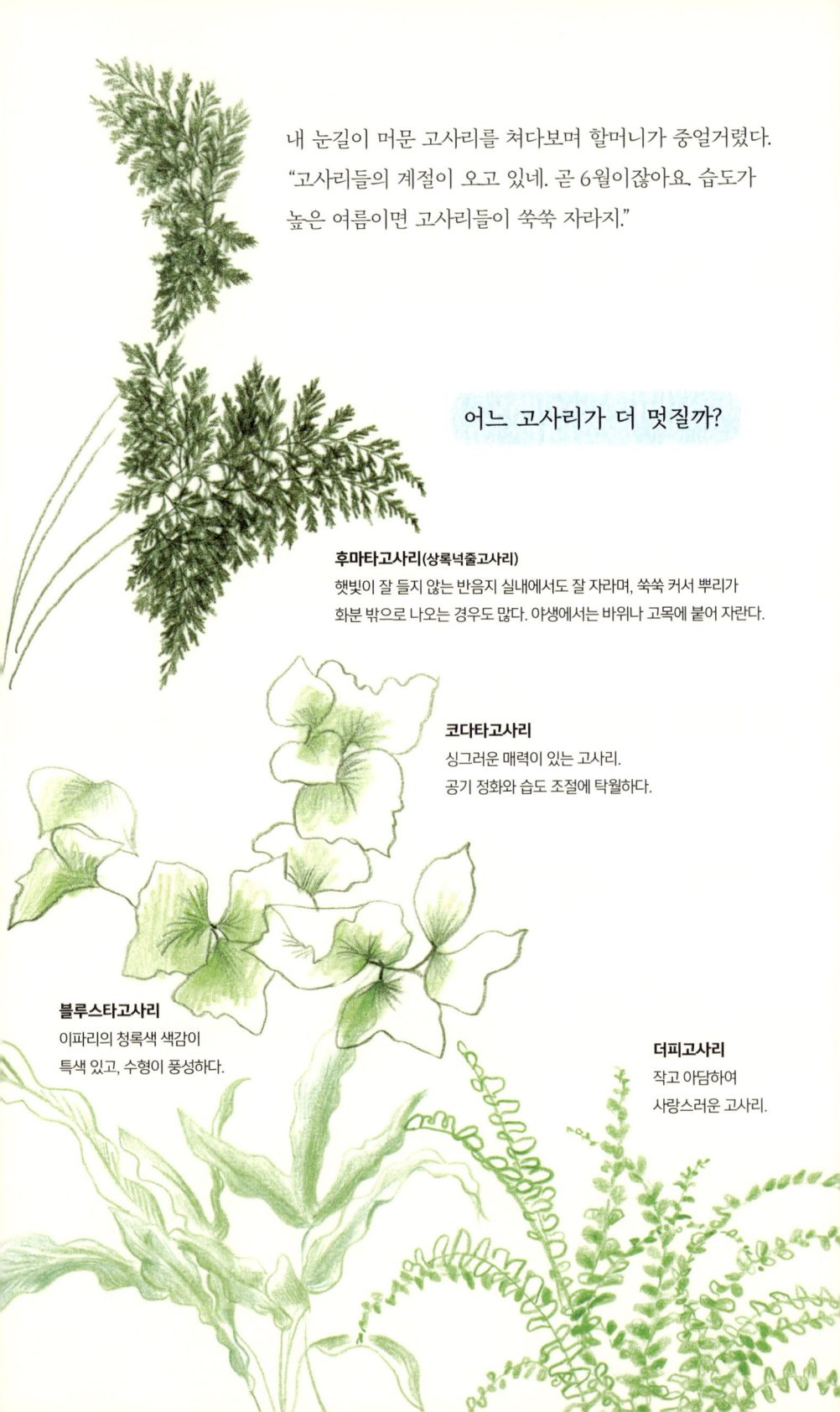

내 눈길이 머문 고사리를 쳐다보며 할머니가 중얼거렸다. "고사리들의 계절이 오고 있네. 곧 6월이잖아요. 습도가 높은 여름이면 고사리들이 쑥쑥 자라지."

어느 고사리가 더 멋질까?

후마타고사리(상록넉줄고사리)
햇빛이 잘 들지 않는 반음지 실내에서도 잘 자라며, 쑥쑥 커서 뿌리가 화분 밖으로 나오는 경우도 많다. 야생에서는 바위나 고목에 붙어 자란다.

코다타고사리
싱그러운 매력이 있는 고사리.
공기 정화와 습도 조절에 탁월하다.

블루스타고사리
이파리의 청록색 색감이
특색 있고, 수형이 풍성하다.

더피고사리
작고 아담하여
사랑스러운 고사리.

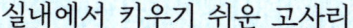

실내에서 키우기 쉬운 고사리

고사리는 실내에서 키우기가 쉬운 식물로,
초보자들도 어렵지 않게 키울 수 있다.
성장 속도도 빨라서 작은 걸 하나 들여도
금세 크게 자라곤 한다.
간혹 고사리가 키우기 힘들고 잘 죽는다고
하는 사람도 있는데, 그 이유를 살펴보면
물 주기가 잘못된 경우가 많다. 고사리는
습한 걸 좋아하니까 흙도 습한 게 좋을 거라고
생각해서 물을 너무 자주 준 것이다. 주변 공기가
습한 걸 좋아하는 건 사실이지만 뿌리는 아니다.
고사리도 다른 식물처럼 겉흙이 충분히 마른 상태일 때
물을 주어야 한다. 모든 식물은 과습이 되면
뿌리가 썩을 수 있다.

보스턴고사리
풍성한 잎이 아래로
늘어져 우아하다.

단추고사리(풀카타)
단추처럼 동글동글한 잎이 귀여운 고사리.
줄기가 길게 쭉쭉 뻗는다.

다바나
곱슬곱슬 주름진 잎이
풍성하게 자라는
예쁜 고사리.

아디안텀
작고 가벼운 잎사귀가 층을
이루며 아기자기한 멋을 풍긴다.

가드닝에는
원칙이 필요하다

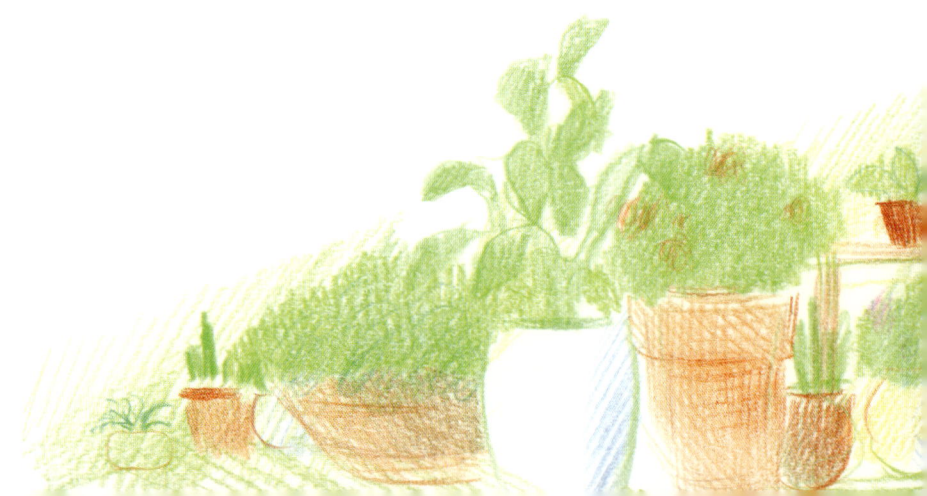

"에구구, 어느새?"

식물을 살피던 할머니가 화들짝 놀란다. 베란다 구석에
달랑 하나 남은 빈 토분을 본 것이다.

할머니가 들인 화초들로 토분 50여 개가 그새 다 찼다.

"이제 그만 가져와야겠네. 50개라⋯. 더 들이면 관리가 힘들겠어.
숫자가 많아지면 깜빡 잊고 물을 안 주는 화분이 생기지.
알아채지 못한 사이 병충해도 생길 거야. 큰 화분에 가려 잊히는
작은 화분도 생기고, 내 욕심이 과했네, 과했어. 쯧쯧!"

할머니 경험을 돌이켜 볼 때 실내에선 화분이 35개를 넘지 않는 게
좋다고 했다. 할머니는 주먹을 불끈 쥐며 단단히 다짐했다.

"절대 더는 안 가져올 거다! 알았냐, 담담아?"

식물 키우기도 반려 동물 키우기와 비슷한 거 같다.
한 식물을 들일 때마다 신중해야 한다. 생명을 돌보는 것은
동물이든 식물이든 마찬가지니까 말이다.

책임질 수 있는 만큼만!

식물을 키우는 데도 원칙이 필요하단다. 할머니의 가드닝 원칙은 이랬다.

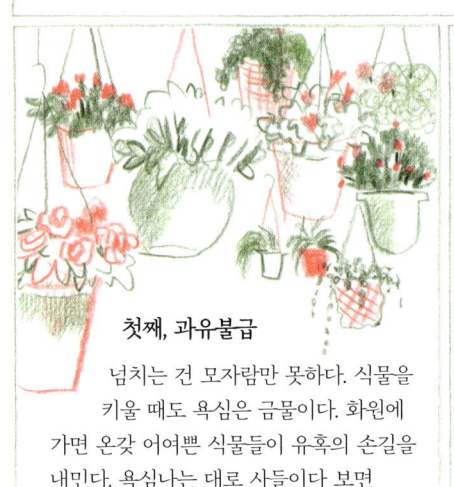

첫째, 과유불급

넘치는 건 모자람만 못하다. 식물을 키울 때도 욕심은 금물이다. 화원에 가면 온갖 어여쁜 식물들이 유혹의 손길을 내민다. 욕심나는 대로 사들이다 보면 금세 식물의 집이 되어 버린다. 물 주기가 버거워지고 어느새 식태기(식물 권태기)가 찾아온다. 식물 가꾸기가 노동이 되고 정원은 감당하기 힘든 짐이 되는 거다.

둘째, 유행을 따르지 않기

식물에도 유행이 있다. 화원에 가면 해마다 새로운 화초들이 등장하고, 가드닝 유튜브에선 앞다투어 유행 화초를 소개한다. 안 키우면 안 될 것처럼 요란을 떨어 댄다. 하지만 그걸 다 사들이다간 키우던 것마저 죽일 판이 된다. 유행하는 식물은 화원에 가서 즐기면 된다. 오래도록 곁에 있어 준 정든 식물에 더 집중하자.

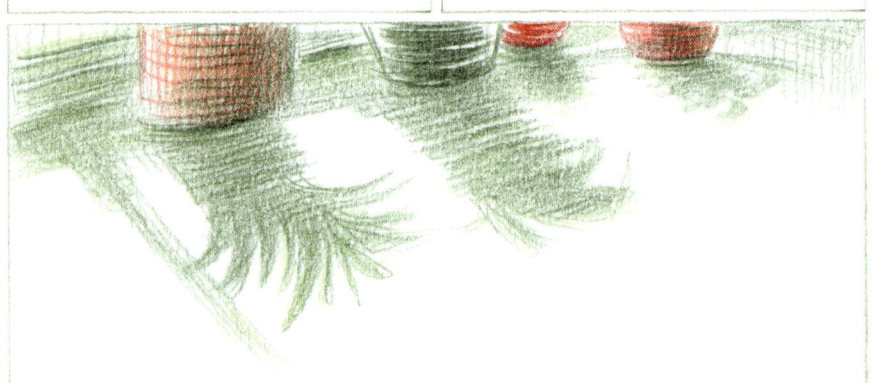

셋째, 집 환경에 맞는 식물 들이기

집의 일조량, 통풍 등을 고려해서 환경에 맞는 식물을 들여야 한다. 아무리 예쁘고 욕심이 나더라도 집 환경에 맞지 않다면 과감히 포기하는 용기가 필요하다.

반그늘에서도 비교적 잘 자라는 식물 찾기

고사리 햇살이 너무 쨍한 곳보다 오히려 적당히 볕이 드는 곳에서 잘 자라고 모양도 예쁘다. 적극 추천!

휴케라 알록달록 다양한 잎과 풍성한 수형에 빠지면 헤어나기 힘든 식물. 생명력이 강하고, 반그늘에서도 잘 자란다.

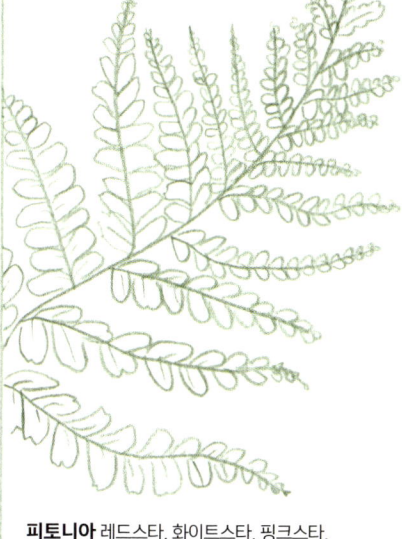

피토니아 레드스타, 화이트스타, 핑크스타, 오렌지스타 등 색별로 종류가 다양하다. 햇살이 너무 쨍한 곳에 두면 오히려 색이 날아가 버릴 수 있다. 큰 화분 옆 반그늘에 두면 오히려 색이 예쁘게 핀다.

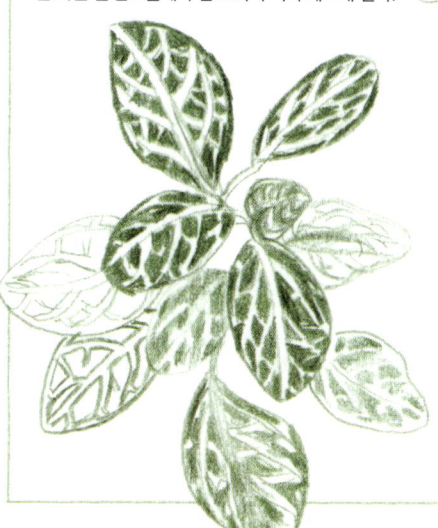

집 안에 식물을 들이려고 맘을 먹다가도 멈칫하는 이유는 비슷하다. '우리 집은 볕이 잘 안 드는데….' 걱정할 것 없다. 반그늘에서도 잘 자라는 식물이 있다. 집 환경에 맞는 식물을 키우면 된다.

율마와 외목대

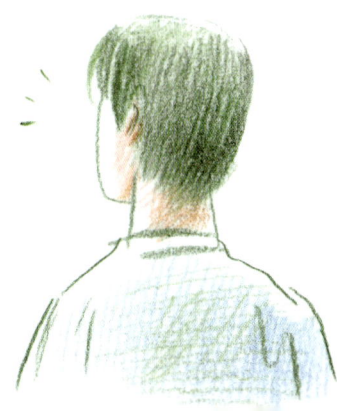

어? 여기에 꽃집이 있었나?

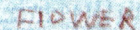
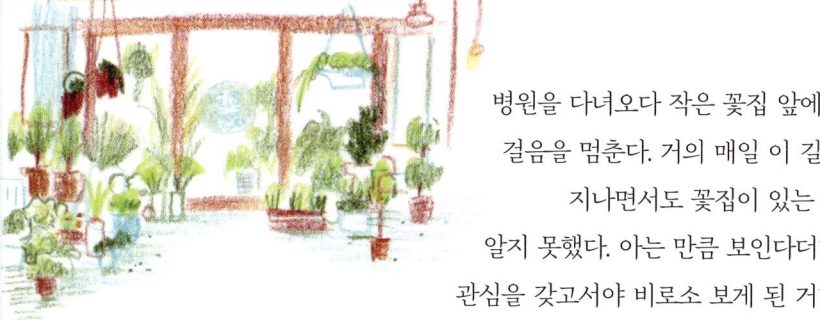

병원을 다녀오다 작은 꽃집 앞에서
걸음을 멈춘다. 거의 매일 이 길을
지나면서도 꽃집이 있는 걸
알지 못했다. 아는 만큼 보인다더니,
관심을 갖고서야 비로소 보게 된 거다.

가게 앞에 놓인 푸른 화초가
눈에 쏙 들어왔다. 마치
거대한 초록 핫도그 같다.
마침 젊은 주인이
문을 열고 나온다.

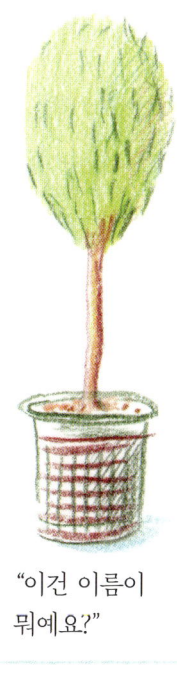

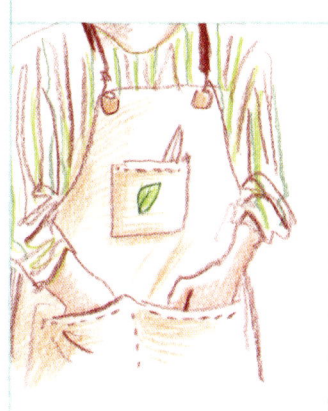

"율마예요. 외목대로
키운 거예요. 멋지죠?"

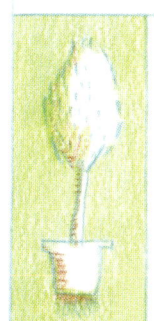

"이건 이름이
뭐예요?"

맘에 든다.

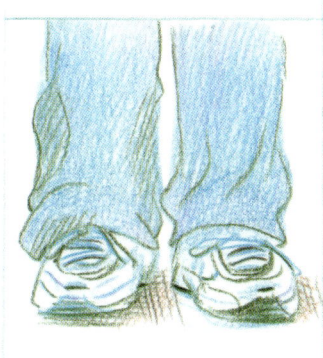

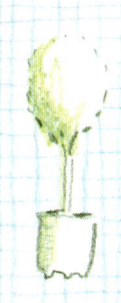

다음 날 바로 할머니에게 말했다.
"율마 한 그루 사고 싶은데, 같이 가 주실래요?"

그런데 할머니의 표정이 뜻밖이다. 낭패한 표정으로 고개를 갸웃한다.

"율마? 그 기다란 풍선처럼 다듬어 키우는 거? 에구! 왜 하필 율마예요?"

영 마땅치 않다는 반응이다.

"왜요?"

"그건 집 안에서 키우기가 만만치 않거든. 죽이기 십상이지. 뭐."

핸드폰을 열고 율마를 검색해 본다.

율마 바늘 모양의 잎이 매력적으로 생긴 대표적인 공기 정화 식물이다. 실내 오염 물질인 포름알데히드 제거 능력이 우수하고 머리를 맑게 하는 피톤치드 향을 발산한다. 피톤치드(phytoncide)는 phyton(식물)과 cide(죽이다)가 결합된 단어인데, 식물이 내뿜는 살균성, 휘발성의 물질로 자신의 성장을 막는 주위의 미생물 따위를 죽이는 역할을 한다.

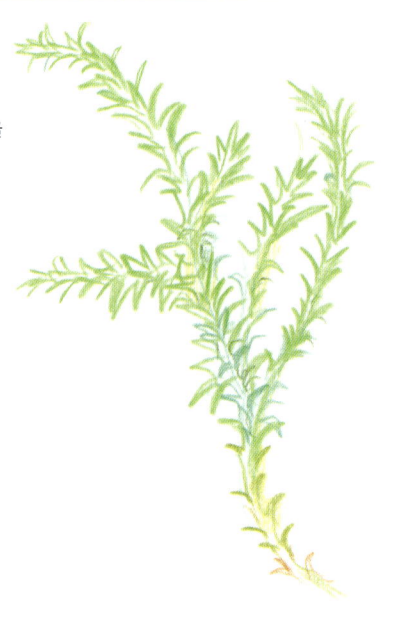

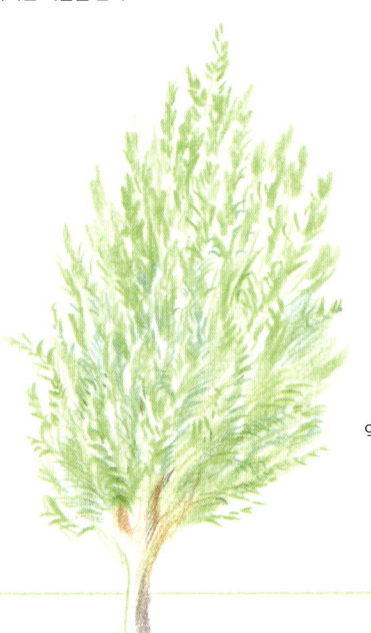

피톤치드의 주성분은 테르펜으로, 율마가 흔들리면 테르펜이 나오면서 해충으로부터 율마를 지켜 주는 역할을 한다. 그런데 만약 통풍이 잘 안 된다면 오히려 율마에 독이 된다. 테르펜이 빽빽한 율마 잎 속에 갇히면서 스스로를 공격하기 때문이다. 그럴 경우 속잎부터 색이 변하며 죽고 만다.

아하! 이런 일도 생길 수 있구나. 평소엔 나를 지켜 주던 것이
경우에 따라서 외려 나를 죽이는 독이 되다니!
마치 세상 이치를 일러 주는 것 같다.
철학자가 따로 없다.

"조금만 통풍이 안 되어도 일을 치르고 말지.
게다가 물시중도 만만찮아요.
여름엔 거의 매일 물을 줘야 해. 오죽하면 물 먹는 하마라고 하겠수.
하루라도 거르고 잊었다간 금세 시들기도 해. 얼마나 성질이 급하다고."

할머니의 우려가 괜한 게 아니었다. 매일 물을 주고 창을 열어
통풍을 해야 한다니… 자신이 없다. 가끔 율마로 창가를 채운
멋진 카페를 보곤 하는데 처음엔 싱싱하던 율마들이
한두 달 지나 가 보면 누렇게 말라 죽어 있기 다반사다.
이런 이유였던 거다.

"식물을 좀 키워 보고서 한두 해 지나 자신감이 생기면 그때 키워요.
그래도 늦지 않아. 사실 난 율마, 그거 별로 안 좋아해. 다들 그거 키울 땐
가운데 줄기만 덜렁 남겨서 키우더라고. 외목댄가 뭔가 만든다면서 말이야.
그거 외로워 보이지 않아요? 사람이든 식물이든 외로워서 좋을 게
뭐 있다고… 쯧쯧!"

할머니 말을 듣고서 생각하니 중심 가지 하나만 덩그러니 남겨진 모습이
외롭게 보였던 것 같긴 하다. 최근 꽤 오래도록 유행하고 있는 수형이
외목대이다. 굵은 가지 하나만을 남기고 곁가지는 쳐내며 키우는
형태를 외목대라고 부른단다.

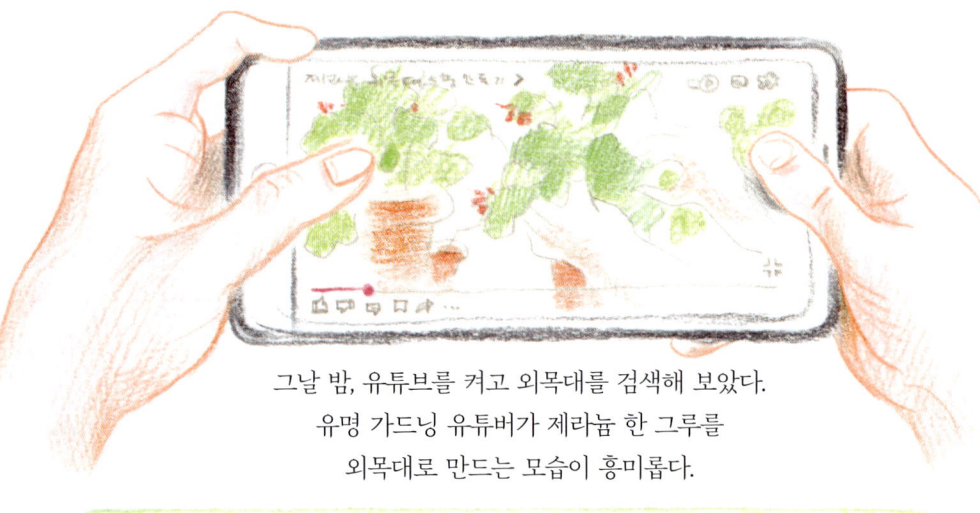

그날 밤, 유튜브를 켜고 외목대를 검색해 보았다.
유명 가드닝 유튜버가 제라늄 한 그루를
외목대로 만드는 모습이 흥미롭다.

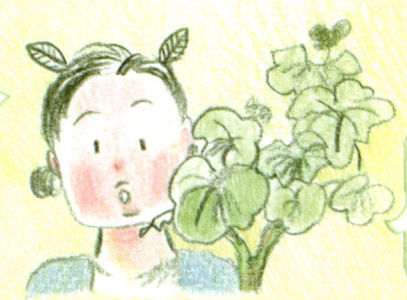

가지가 너무 많아져
자리를 넓게
차지할 땐
외목대 수형을
만들면 좋아요.

요걸 예쁜
외목대로
만들어 볼게요.

제라늄 외목대 수형 만들기

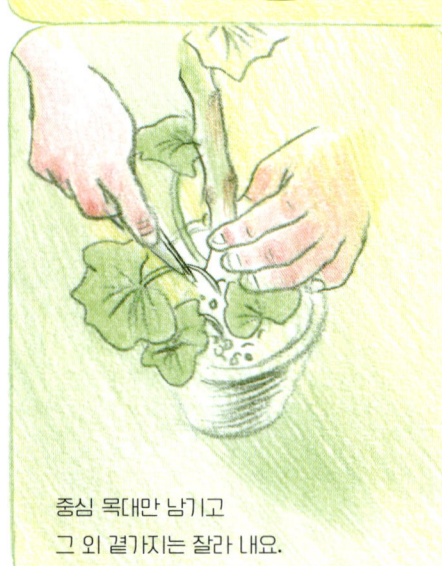

중심 목대만 남기고
그 외 곁가지는 잘라 내요.

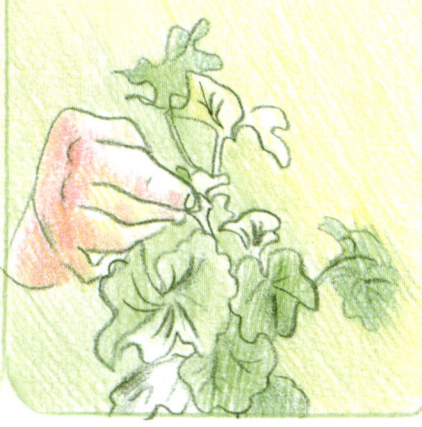

순집기를 통해 윗볼을 풍성하게 만들어
갑니다. 이렇게 새로 나온 순을 손이나
집게로 집어서 떼어 내는 거예요.

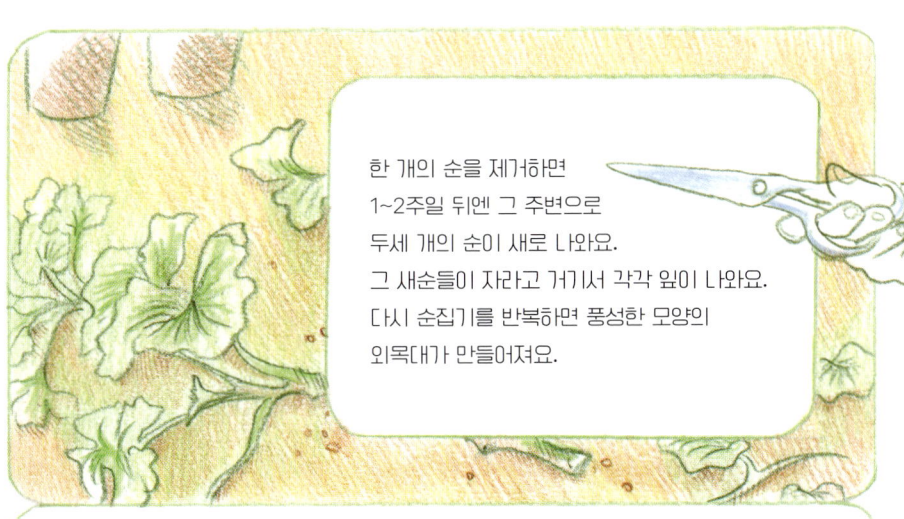

한 개의 순을 제거하면
1~2주일 뒤엔 그 주변으로
두세 개의 순이 새로 나와요.
그 새순들이 자라고 거기서 각각 잎이 나와요.
다시 순집기를 반복하면 풍성한 모양의
외목대가 만들어져요.

제가 만든 외목대 제라늄의 두 달 간의 변화를 보여 줄게요.

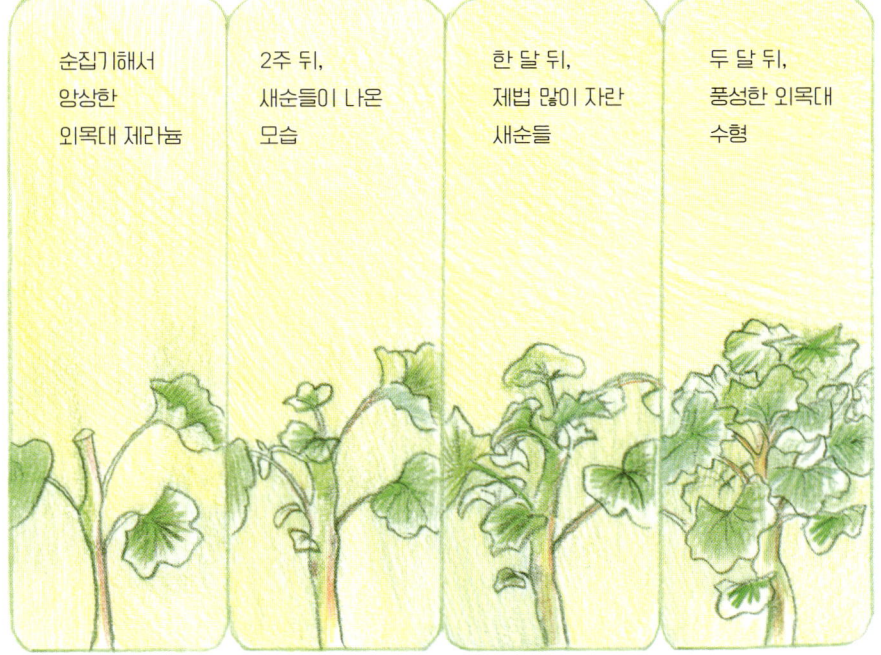

순집기해서
앙상한
외목대 제라늄

2주 뒤,
새순들이 나온
모습

한 달 뒤,
제법 많이 자란
새순들

두 달 뒤,
풍성한 외목대
수형

"순을 톡톡 따 준다고?
으으! 아프겠다."

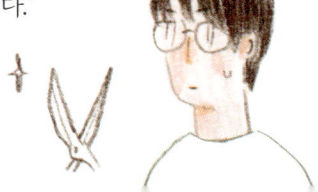

천천히! 천천히!

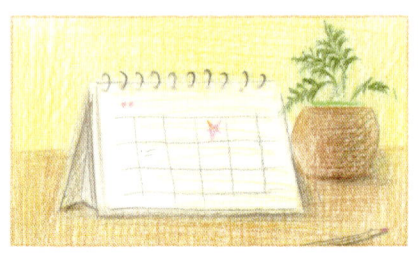

깁스를 풀었다. 두 달 만이다. 날아갈 듯 몸이 가볍다.

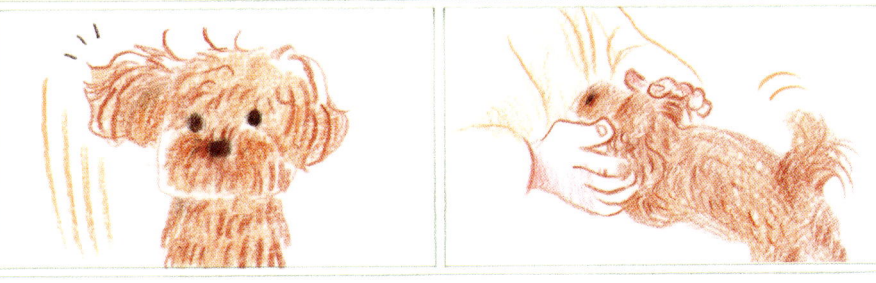

깁스를 푼 팔을 보고 누구보다 기뻐한 건 할머니다.

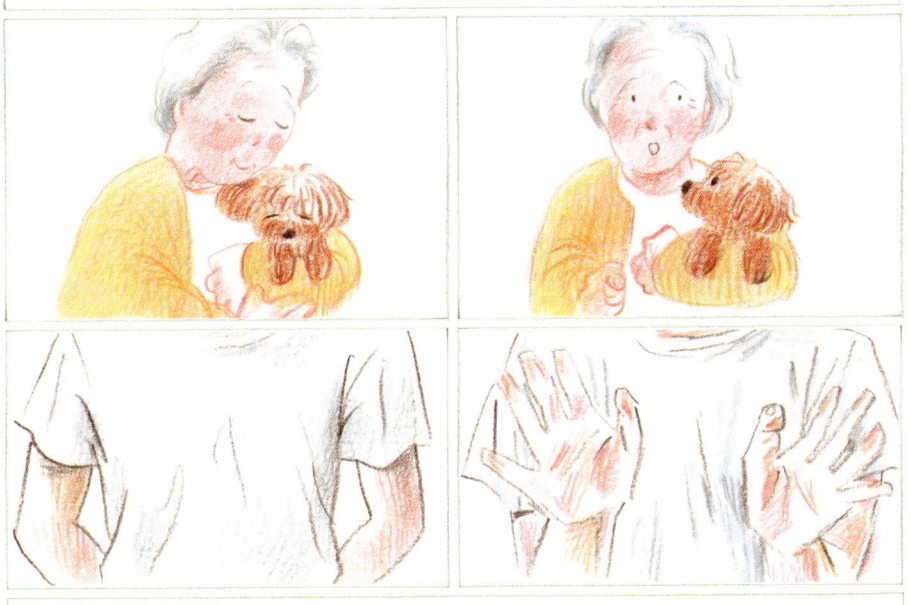

"됐네, 됐어. 이 무더위에 어쩌나 했는데, 정말 잘됐어요."
그러다 문득 표정이 굳는다.
어색한 미소를 지으며 할머니가 속삭이듯 묻는다.
"그럼 이제 난 안 와도 되겠네요?"

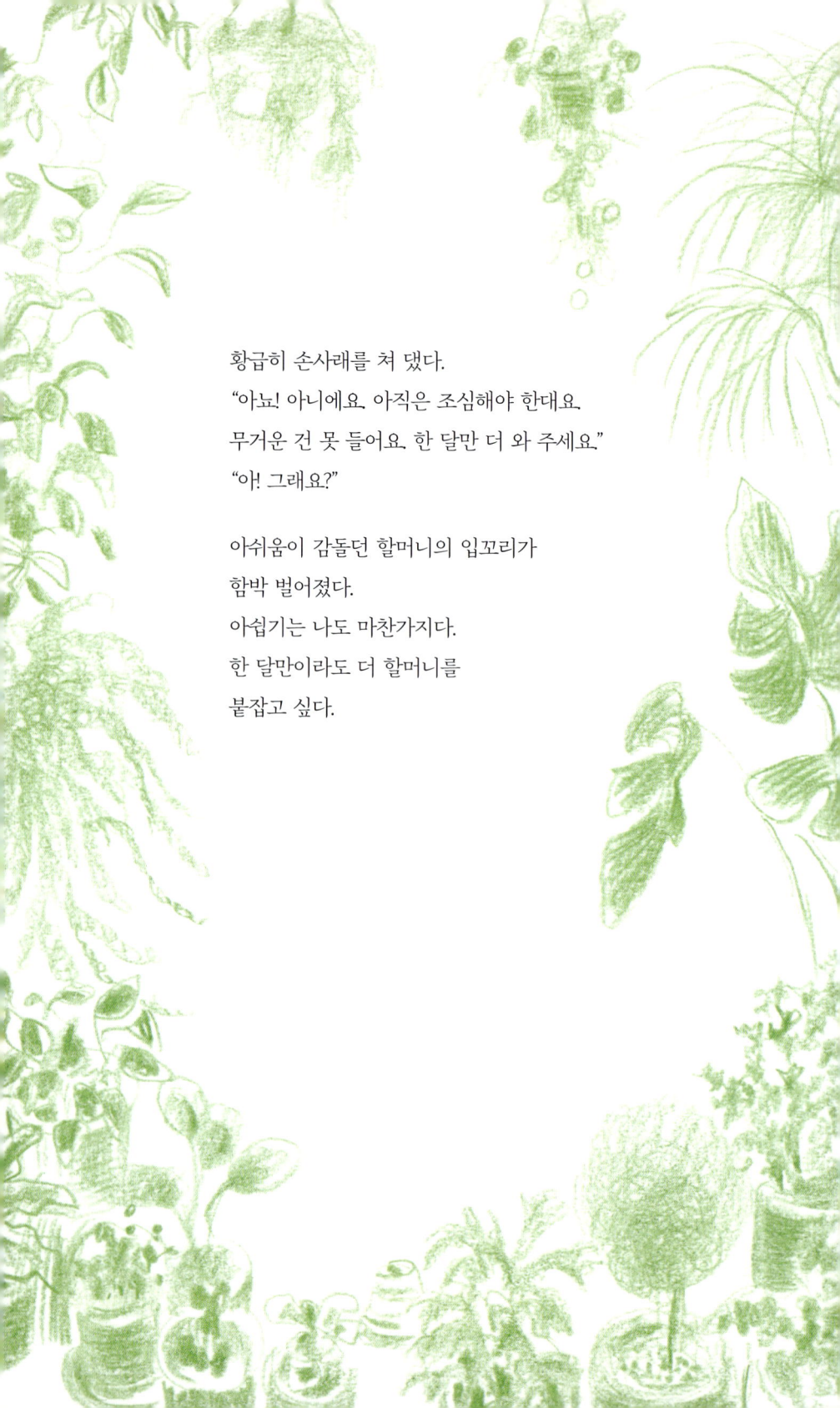

황급히 손사래를 쳐 댔다.
"아뇨! 아니에요. 아직은 조심해야 한대요.
무거운 건 못 들어요. 한 달만 더 와 주세요."
"아! 그래요?"

아쉬움이 감돌던 할머니의 입꼬리가
함박 벌어졌다.
아쉽기는 나도 마찬가지다.
한 달만이라도 더 할머니를
붙잡고 싶다.

할머니가 청소기를 돌리는 걸 보고는 방으로 들어왔다.

노트북부터 펼친다.

깁스를 풀었으니 소설을 다시 시작해야 한다.

얼마 만에 펼친 흰 모니터 화면인가.

막막함에 후유, 한숨부터 나온다.

디링! 디링!

핸드폰이 요란하게 울린다. 출판사 편집자다.

등골이 오싹한다.

"좀 어떠세요? 깁스는 오늘쯤 푼다고 하셨죠?

작업은 잘되고 있나요? 출간 예정일에 맞추려면

원고는 가을까지 나와야 하는 거 아시죠?

뭐… 알아서 잘해 주실 테지만 혹시나 하는 노파심에… 흐흐흐."

목소리는 나긋나긋하지만 그 내용은 살벌하다.

당신이 제때 원고를 못 써 내면 출간 일정에 문제가 생기니까

꼭 약속을 지키라는 말이다! 식은땀이 주룩 흐른다.

예, 예, 대꾸 한 번 제대로 못 하고 통화를 끝냈다.

요즘 같은 불경기에 그래도 책을 내 주겠다며

원고 독촉까지 하다니.

이 얼마나 고마운 일인가.

동료 작가들에게 투덜거리기라도 했다간 잘난 척이라고,

배부른 소리란 말이나 들을 게 뻔하다.

그래도 어쩌겠는가. 내 상태가 이 모양인 것을.

답답한 맘에 문을 벌컥 열고 나와 찬물을 벌컥벌컥 들이켠다. 캑캑!

물 사레가 들렸다. 할머니가 다가오더니 등을 두어 번 두드려 준다.

"급할 거 뭐 있나. 천천히 해요. 천천히…"
그래. 급할 게 뭐 있나. 천천히 하면 된다.
간신히 기침을 가라앉히고 베란다로 나가 본다.
날씨가 더워져선지 공기가 답답하다.
알록달록 제라늄 꽃들이 더위에 지친 듯 기운이 없다.
"너희도 덥냐?"
물끄러미 보다가 흠칫 놀란다.
매력적인 홑꽃을 보여 주던 호라이즌 페티코트의
싱그럽던 초록 줄기가 까맣게 물렀다.
"할머니, 이거 좀 보세요. 이상해요."
무른 줄기를 살핀 할머니가 황급히 화분을 뒤엎는다.
제라늄을 빼 보니 뿌리까지 까맣게 물렀다.

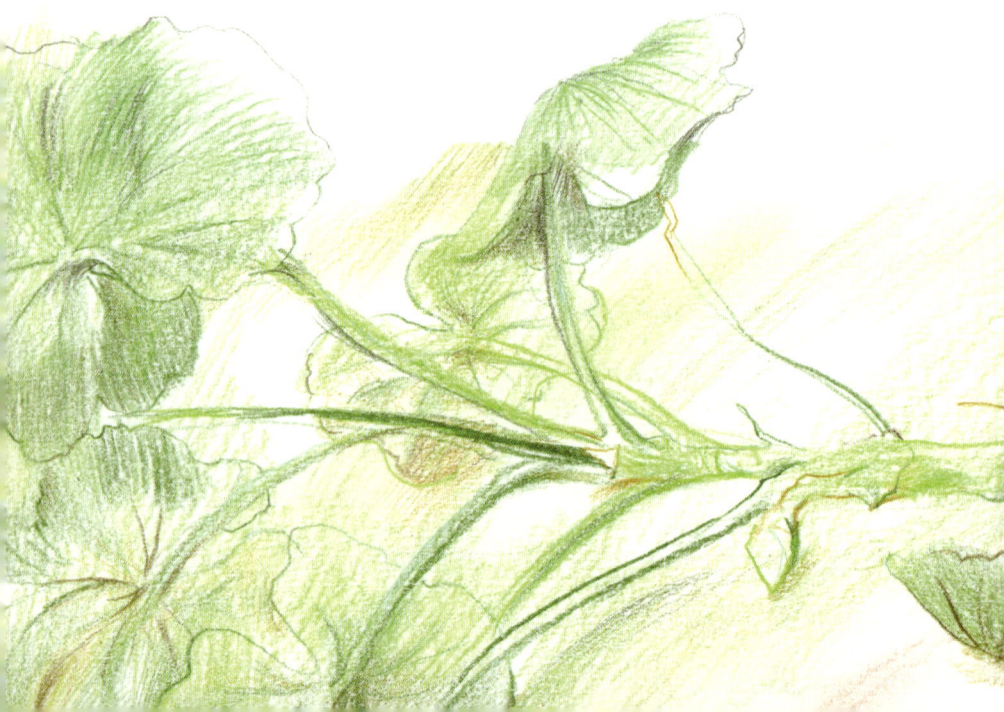

"무름병이 왔구먼. 쯧쯧!"

제라늄은 특히 폭염과 과습에 약한데,
수분이 많은 식물의 조직이 세균이나 곰팡이에 의해
썩어 가는 게 무름병이란다.
"에구구! 곁에 있던 애도 둘이나 더 물렀네.
쯧쯧! 돋보기를 안 써서 미처 이걸 못 봤어."
무름병이 온 식물은 빨리 치워야 한단다.
안 그럼 주변 식물로 옮겨서 몽땅 죽일 수도 있단다.

더위와 과습에 약한 식물의 여름나기

① 강한 직사광선을 피해 안쪽으로 들이고 화분 사이 간격을 두어 통풍이 잘되도록 한다.
② 수시로 서큘레이터나 선풍기를 돌려 환풍을 해 준다.
③ 여름철엔 물을 주는 방법이 중요한데, 속흙까지 말랐을 때 준다. 물을 흠뻑 주는 것보다
자주 조금씩 주는 것이 무름병 예방에 좋다.

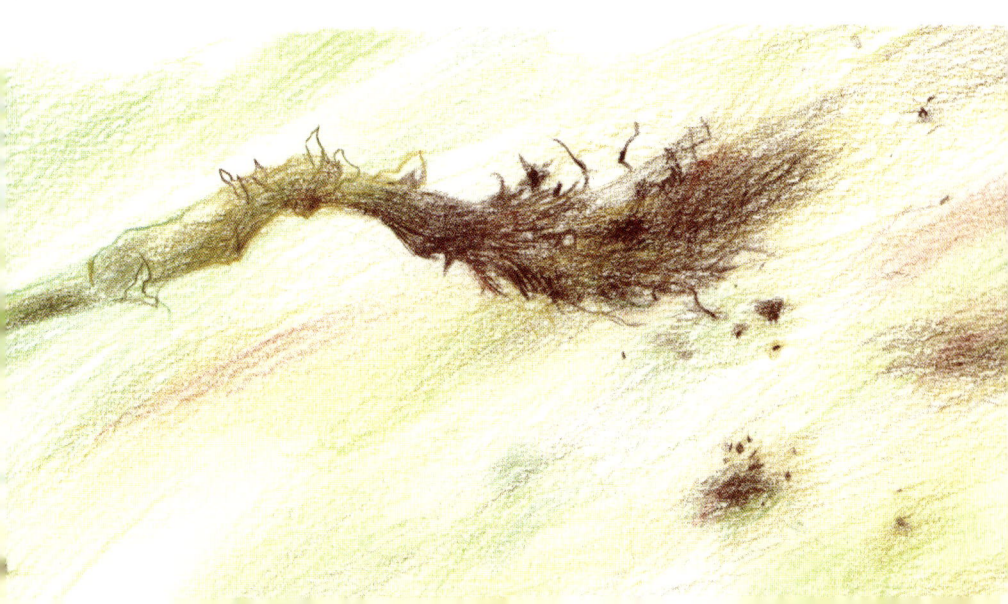

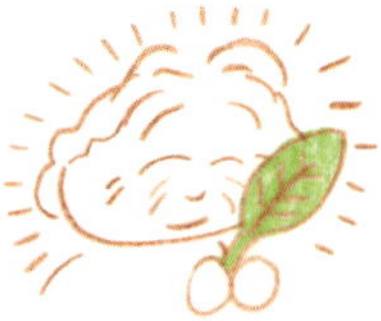

물꽂이의 정석

물꽂이란 식물 줄기를 잘라 물에 넣어 두고,
뿌리가 날 때까지 기다린 뒤 흙에 옮겨 심는 생식 방법이다.

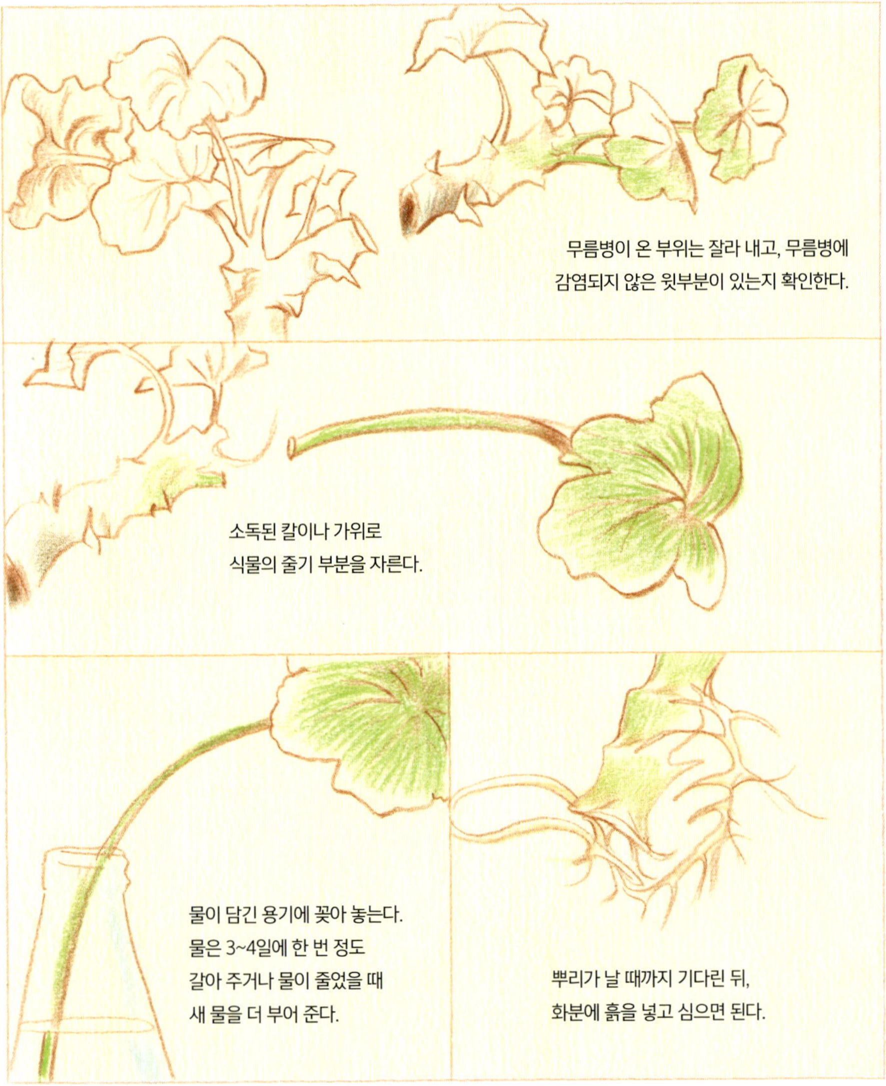

무름병이 온 부위는 잘라 내고, 무름병에
감염되지 않은 윗부분이 있는지 확인한다.

소독된 칼이나 가위로
식물의 줄기 부분을 자른다.

물이 담긴 용기에 꽂아 놓는다.
물은 3~4일에 한 번 정도
갈아 주거나 물이 줄었을 때
새 물을 더 부어 준다.

뿌리가 날 때까지 기다린 뒤,
화분에 흙을 넣고 심으면 된다.

**한 가지
더!**
물꽂이를 할 땐 카페에서 흔히 사용하는 프라스틱 일회용 잔을
이용하면 좋다. 구멍이 있는 뚜껑을 거꾸로 뒤집어서 용기에 꽂으면
식물을 걸쳐 두기에 딱 좋다.

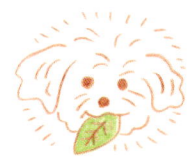

꺾꽂이의 정석

제라늄은 꺾꽂이로도 뿌리를 잘 내린다. 꺾꽂이란 가지, 뿌리, 잎 등의
일부를 잘라 내어 땅에 꽂아 뿌리를 내리게 하는 번식 방법으로
'나무를 땅에 꽂는다'는 의미로 삽목(挿木)이라고도 한다.

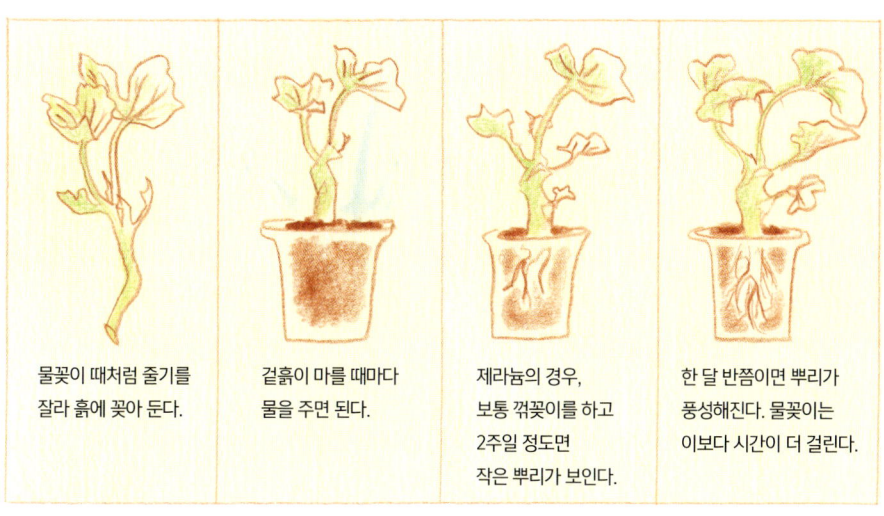

| 물꽂이 때처럼 줄기를 잘라 흙에 꽂아 둔다. | 겉흙이 마를 때마다 물을 주면 된다. | 제라늄의 경우, 보통 꺾꽂이를 하고 2주일 정도면 작은 뿌리가 보인다. | 한 달 반쯤이면 뿌리가 풍성해진다. 물꽂이는 이보다 시간이 더 걸린다. |

한 가지 더! 물꽂이나 꺾꽂이를 할 땐 용기에 식물의 이름표를 달아 주는 게 좋다.
제라늄은 꽃이 없으면 모습이 거의 비슷해서 구분이 되지 않는데, 이름표까지
없으면 뿌리가 생기고 꽃이 필 때까지 웬만해선 이름을 찾아 줄 수 없다.
그야말로 '무명씨'로 서너 달 이상 지내야 한다.

물꽂이를 끝낸 할머니는 제라늄이 담긴 음료수 병을 보며 중얼거렸다.
"이젠 운명에 맡길 수밖에. 기다려 봅시다. 천천히….”
성공 확률은 어차피 반반! 그래, 기다리는 것이 최선이다. 천천히!

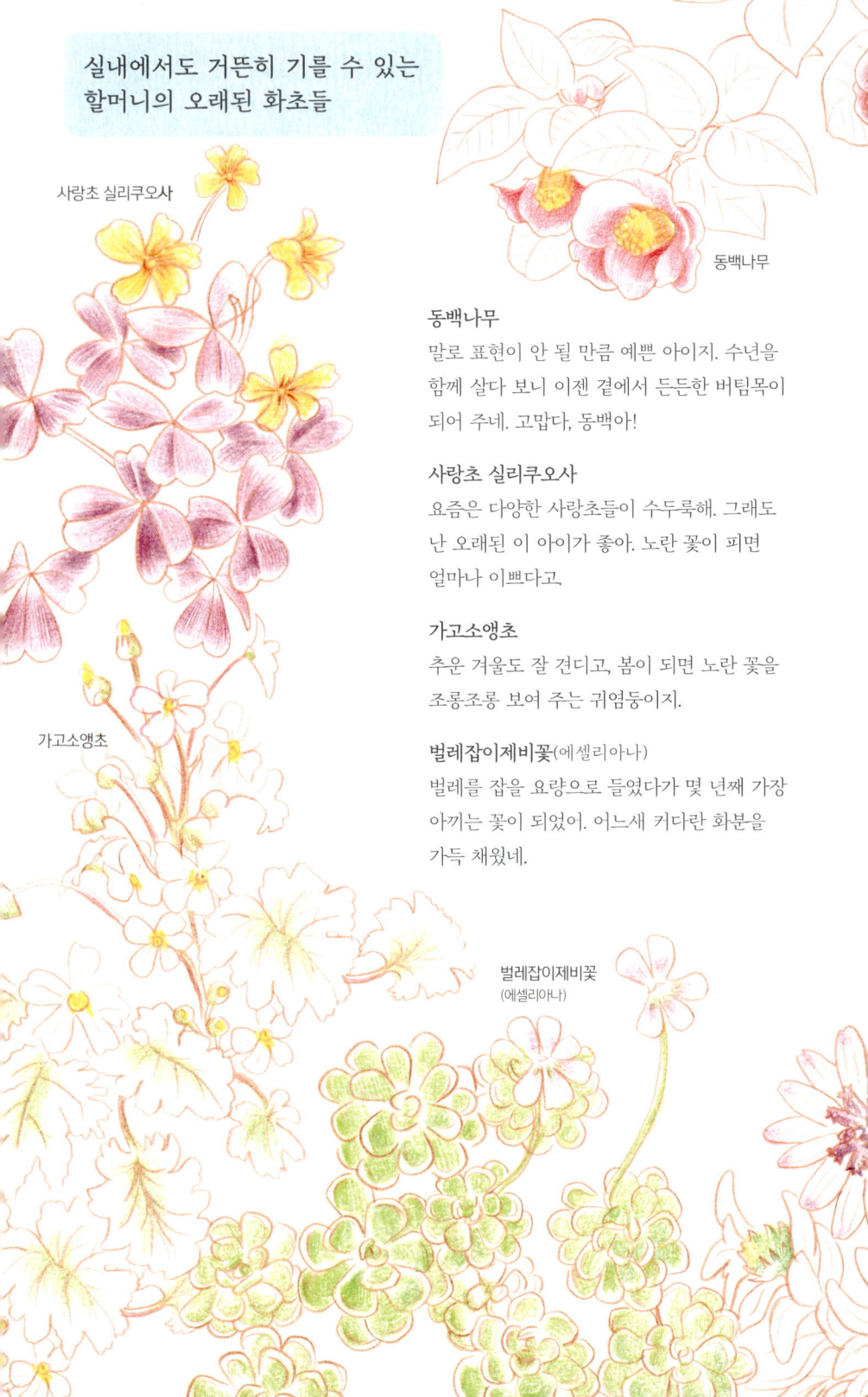

사랑초 실리쿠오사

동백나무

가고소앵초

벌레잡이제비꽃
(에셀리아나)

동백나무

말로 표현이 안 될 만큼 예쁜 아이지. 수년을
함께 살다 보니 이젠 곁에서 든든한 버팀목이
되어 주네. 고맙다, 동백아!

사랑초 실리쿠오사

요즘은 다양한 사랑초들이 수두룩해. 그래도
난 오래된 이 아이가 좋아. 노란 꽃이 피면
얼마나 이쁘다고.

가고소앵초

추운 겨울도 잘 견디고, 봄이 되면 노란 꽃을
조롱조롱 보여 주는 귀염둥이지.

벌레잡이제비꽃(에셀리아나)

벌레를 잡을 요량으로 들였다가 몇 년째 가장
아끼는 꽃이 되었어. 어느새 커다란 화분을
가득 채웠네.

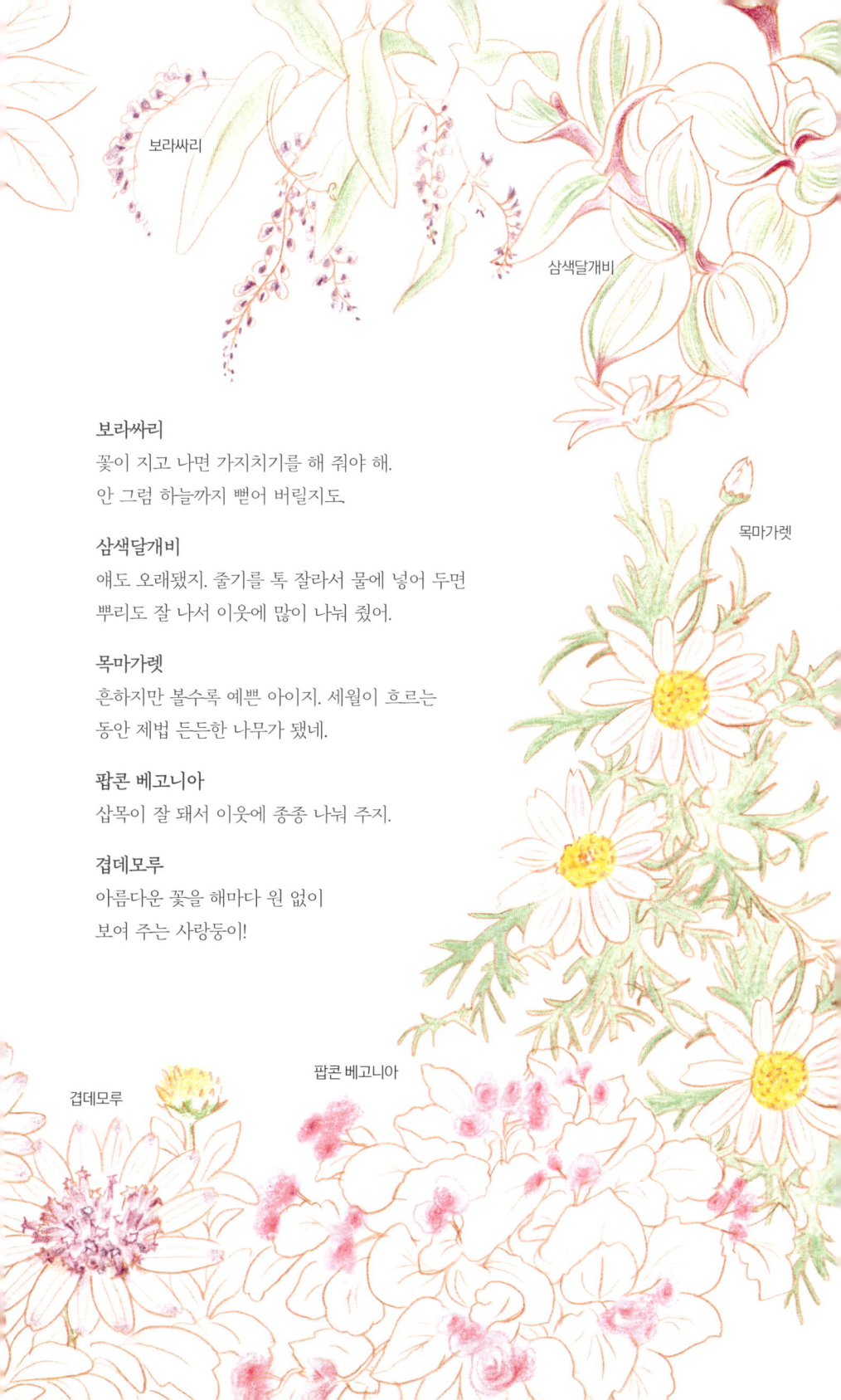

보라싸리

삼색달개비

목마가렛

보라싸리
꽃이 지고 나면 가지치기를 해 줘야 해.
안 그럼 하늘까지 뻗어 버릴지도.

삼색달개비
얘도 오래됐지. 줄기를 톡 잘라서 물에 넣어 두면
뿌리도 잘 나서 이웃에 많이 나눠 줬어.

목마가렛
흔하지만 볼수록 예쁜 아이지. 세월이 흐르는
동안 제법 든든한 나무가 됐네.

팝콘 베고니아
삽목이 잘 돼서 이웃에 종종 나눠 주지.

겹데모루
아름다운 꽃을 해마다 원 없이
보여 주는 사랑둥이!

겹데모루

팝콘 베고니아

삐뽀삐뽀! 식물 응급 처치법

식물에게도 응급 상황이 생기곤 한다.
이럴 땐 재빠른 응급 처치가 필요하다.

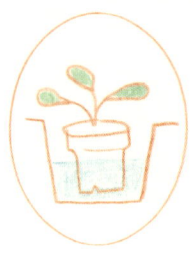

말라서 시들어 버린 식물, 저면 관수를 해 보자

바싹 마른 식물엔 물을 흠뻑 주고서 되살아나길 기다리는 방법밖에 없다.
그런데 이때 활용해 볼 수 있는 급 처방이 저면 관수! 물을 위에서 붓지 않고,
밑에서부터 흡수하게 하는 방법이다.

① 조금 깊은 물통에 물을 붓고 화분째로 담가 둔다.
② 시간이 지나면 화분의 윗부분 흙까지 젖게 된다. 이때 물통의 물은 제거한다.
③ 통풍이 잘되는 곳에 화분을 두고 지켜본다.

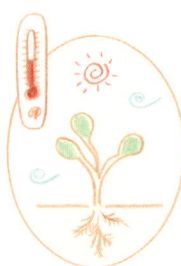

냉해를 입은 식물은 천천히 실내로 들이자

추운 겨울엔 식물이 냉해를 입기 쉽다. 이 경우에 깜짝 놀라 후끈한 실내로
바로 들이곤 하는데, 얼었던 화분 흙이 녹는 것과 동시에 화초도 푹 주저앉아
버리기 일쑤다. 화초가 급격한 온도 변화에 적응을 못 한 탓이다. 이럴 땐
당황하지 말고 언 화분을 일단 베란다의 안쪽으로 들인다. 이 온도에
적응이 됐다 싶을 땐 또 그보다 조금 따뜻한 곳으로 옮긴다. 천천히, 천천히!

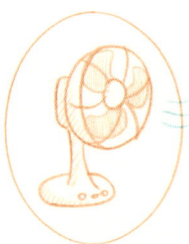

과습으로 죽어 가는 식물은?

이키! 흙이 며칠이나 마르지 않고 화초 잎이 검게 변하며 시들어 간다. 과습이다!
이럴 땐 선풍기나 서큘레이터를 틀어 흙을 말리는 게 효과적이다. 하지만 이미
과습이 오래되어 이 방법이 통하지 않는다면 뿌리가 이미 썩었을 가능성이 크다.
이럴 땐 화분을 뒤집고 뿌리를 확인한 뒤, 윗부분이라도 잘라 물꽂이나
삽목을 하는 게 최선이다.

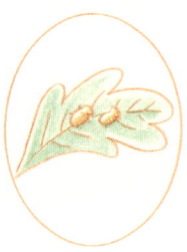

해충이 생겼다면?

뿌리파리, 응애, 진딧물, 깍지벌레 등 해충이 생겼다면 그 화분은 곧바로 다른
화분들과 격리한다. 그리고 전문 약을 써서 치료하면 된다. 사실 해충은 치료보다
예방이 효과적이다. 유튜브를 보면 다양한 예방법이 소개되는데, 쉬운 방법으로
목초액을 추천한다. 온라인으로 구입한 목초액을 물에 타서 한 달에 두 번 정도
물 주기에 사용하고 잎과 줄기에도 분무해 준다.

대
청
소

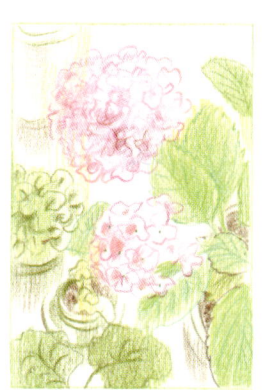

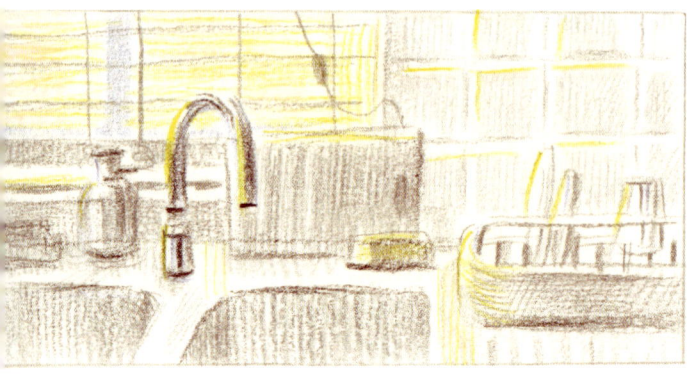

이제 오른쪽 손목을 쓰는 일이 불편하지 않다.
설거지도 하고 청소도 한다.
조금씩 자판도 두드리고
담담이를 데리고 산책도 한다.

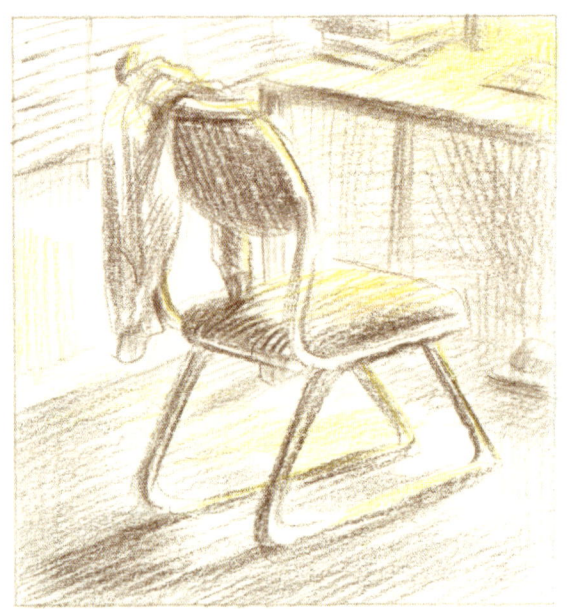

베란다 정원에는 수국이 한창이다. 담담이 얼굴만 한
수국 꽃을 달고 있는 줄기가 버거워 보일 정도다.

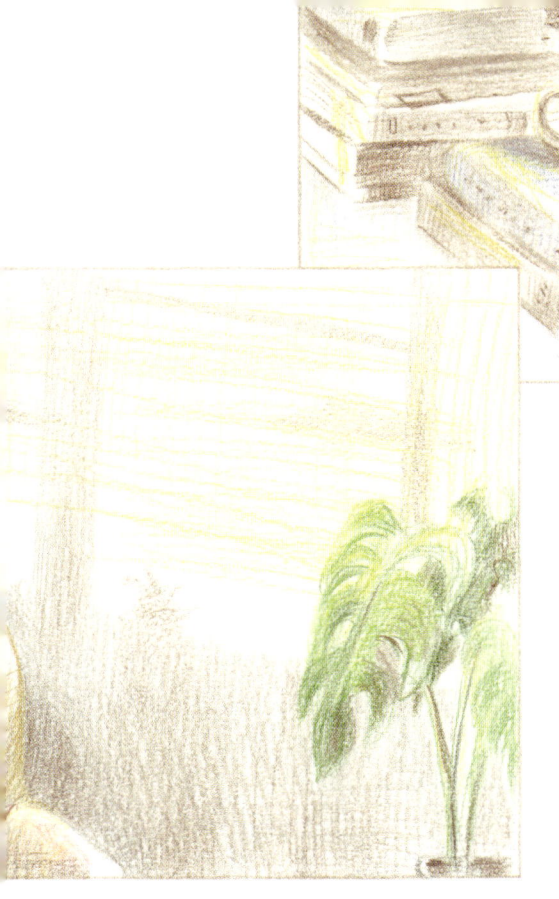

수국이 핀 연못을 즐겨
그렸다는 화가 모네.
J는 모네를 좋아했다.
탐스런 수국 꽃을 툭 따서
J에게 선물하면 좋아할까?

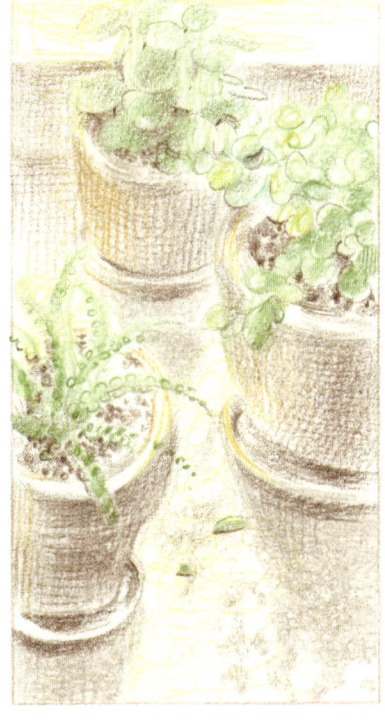

아! 아직도 이런 생각을 하다니.
내 자신이 바보처럼 느껴진다.
J의 시간은 이미 나를 떠난 지 오래.
안절부절 애를 써 봐도 속절없이
물러 버린 제라늄처럼 말이다.

잡념을 떨치는 데는 청소가 최고다.
오후엔 대청소를 시작했다.
구석구석 쌓인 먼지를 털어 내고
내친김에 베란다 청소도 한다.
열린 창으로 들어오는 바람이 시원하다.
가을이 오고 있는 거다.
들이치는 햇살도 한여름 때와 다르다.
가을철 햇살 각도에 맞게 화분을 재배치하기로 한다.

일단 할머니가 해 준 말을 떠올린다.
"화분 배치를 할 때 중요한 게 햇살이지.
햇빛을 많이 받아야 하는 건 창가에 두고
안쪽엔 반그늘에서도 잘 자라는 식물을 배치하면 된다우."

화분을 배치하는 데는 감각이 필요하다.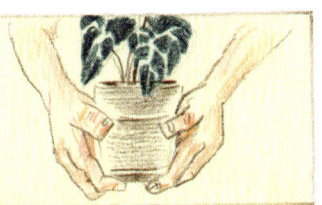

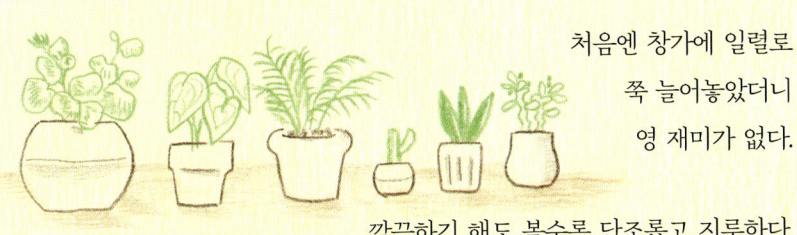

처음엔 창가에 일렬로
쭉 늘어놓았더니
영 재미가 없다.

깔끔하긴 해도 볼수록 단조롭고 지루하다.

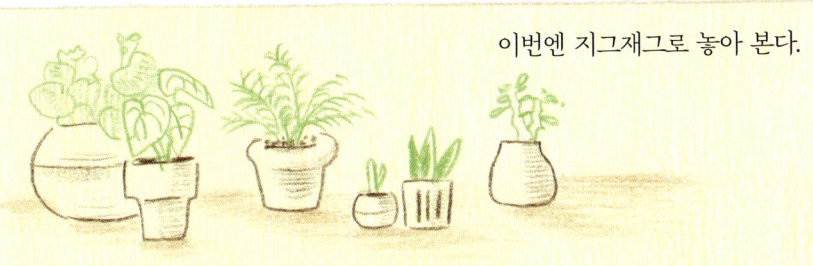

이번엔 지그재그로 놓아 본다.

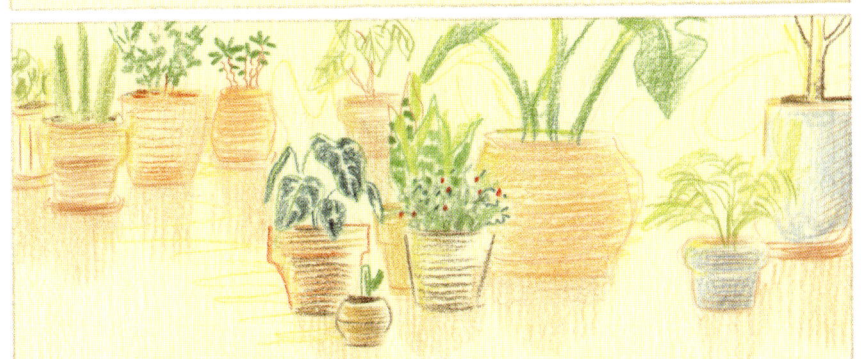

한 무더기씩 배치해 보기도 한다. 재밌다.

담담이 골목도 생기고, 식물들의 개성이 더욱 살아난다.
내 정원에 어울리는 배치법을 찾는 게 중요하다.

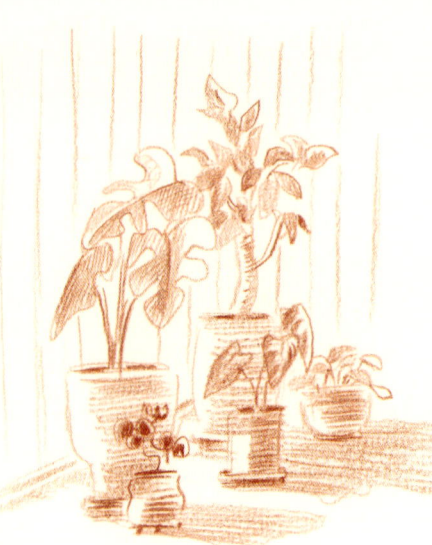

겨울이 되면 거실로 들여야 하는 식물

가을이 지나고 겨울이 되면 몇 가지는 실내 거실로
들여야 한다. 추위에 견디지 못하는 식물들이다.

반드시 거실로 들여야 하는 식물
몬스테라, 고무나무, 콩고, 싱고니움, 칼랑코에 등 추위에 약한 식물

서늘한 베란다에서 월동해야 꽃이 잘 피는 식물
휴케라, 동백, 캄파눌라, 단정화, 애니시다 등 추위에 강한 식물

베란다든 거실이든 상관없는 식물
제라늄과 고사리는 베란다에서 충분히 잘 자라지만
거실에서도 비교적 겨울을 잘 보낸다.

화원에서 만나는 아름다운 계절 꽃

계절이 바뀔 때마다 화원 나들이를 하는 것도 소소한
즐거움이다. 화원에 가면 봄, 여름, 가을, 겨울 각 계절마다
다양한 꽃을 만날 수 있다.

계절 안 가리고 피는 꽃

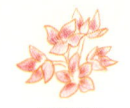  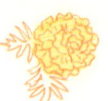 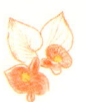

부발디아   삭소롬   아메리칸블루   메리골드   꽃기린

봄에 피는 꽃

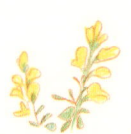 

애니시다   수선화

여름에 피는 꽃

밀레니엄벨   솔잎도라지

가을에 피는 꽃

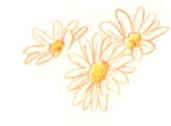

국화   구절초

겨울에 피는 꽃

 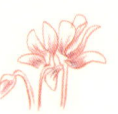

동백   시클라멘

회
복
기

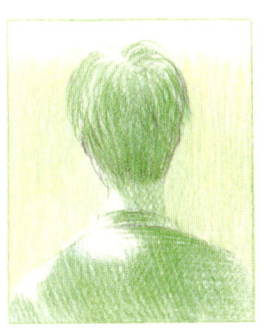

할머니가 챙겨 놓은 밑반찬을 꺼내 늦은 저녁상을 준비한다.

이제 할머니는 우리 집에 출근하지 않는다.

그래도 가끔 놀러와 베란다 정원을 보며 이야기를 나누다가 가곤 하신다.

그럴 때마다 밑반찬 챙겨 오는 것도 잊지 않으신다.

"이젠 안 해 주셔도 돼요."

사양해 보지만 막무가내다.

"내 먹을 거 만들면서 조금 덜어 온 건데 뭐. 이거라도 있어야

라면 같은 거 덜 먹지. 밥 먹어요, 밥!"

그래. 가능한 밥을 먹기로 한다. 오늘은 콩나물 무침과 상추 겉절이다.

할머니가 옥상에서 키운 상추와 시루에서 키운 콩나물로 만든 거란다.

"식물을 봐. 물, 햇빛, 바람이 모두 있어야 잘 크잖아요. 사람이야

더 말할 것도 없지. 좋은 음식을 먹고, 적당히 운동하고,

마음을 편하게 가져야 해.

그래야 건강하지."

엄마도 늘 하던 말이다. 귀에 못이 박히도록 들어도
바람처럼 스쳐 지나가 버리던 말들이 이제야
마음으로 들어와 눌러앉는 느낌이다.

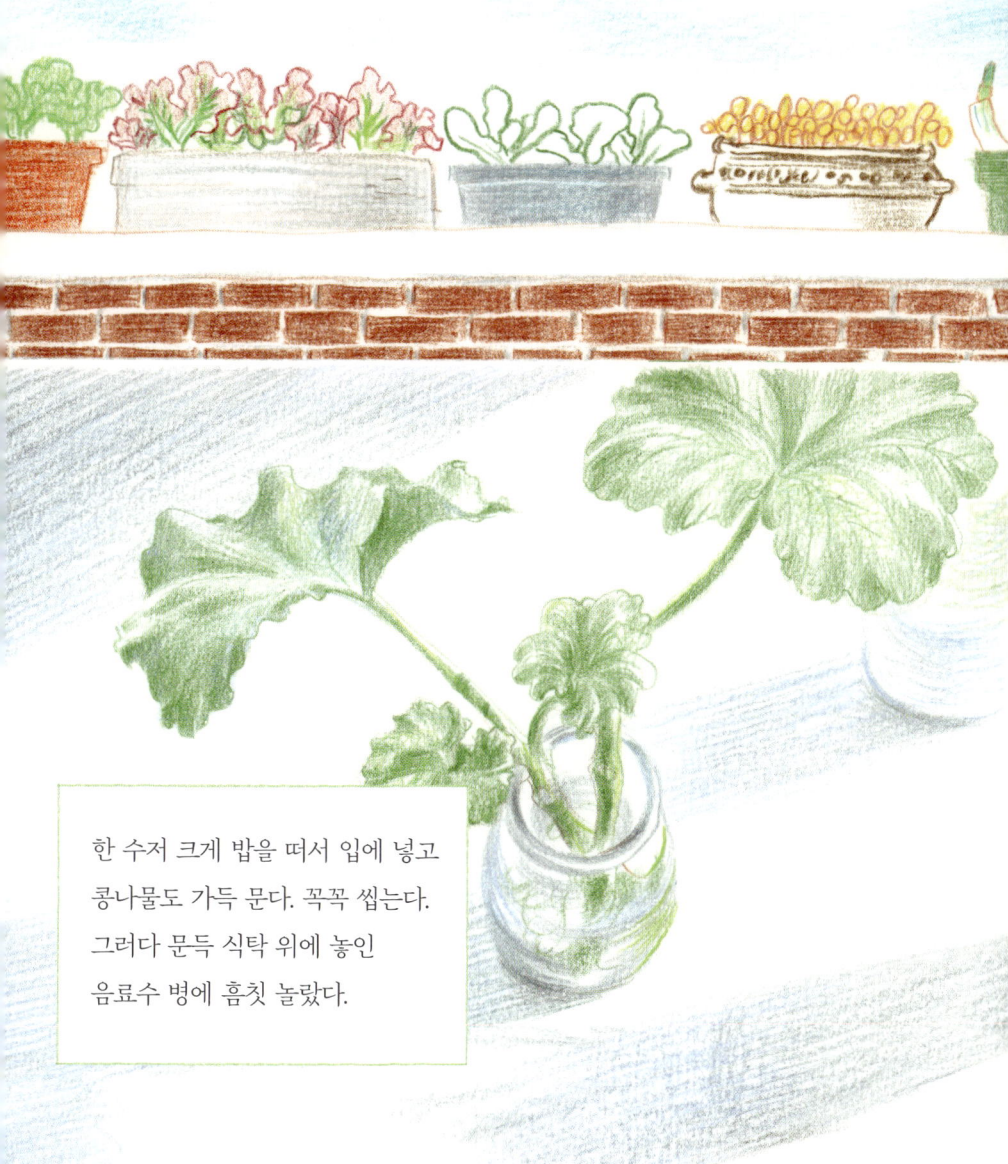

한 수저 크게 밥을 떠서 입에 넣고
콩나물도 가득 문다. 꼭꼭 씹는다.
그러다 문득 식탁 위에 놓인
음료수 병에 흠칫 놀랐다.

물꽂이 해 둔 제라늄 줄기에서
돋아난 작은 뿌리.
병 속이 뿌리로 희끗희끗하다.
신기하고 장하다.

물러 버린 줄로만 알았던 제라늄.
혹독한 여름을 지나고 힘겨운 고통을
겪고서도 제라늄은 다시 뿌리를
내고 있었다.

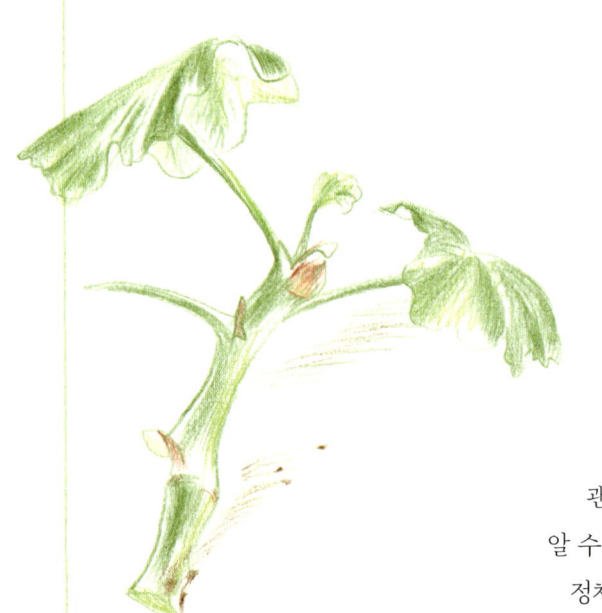

괜스레 가슴이 뭉클해졌다.
알 수 없는 감동이 휘몰아친다.
정체 모를 힘이 불쑥 솟았다.

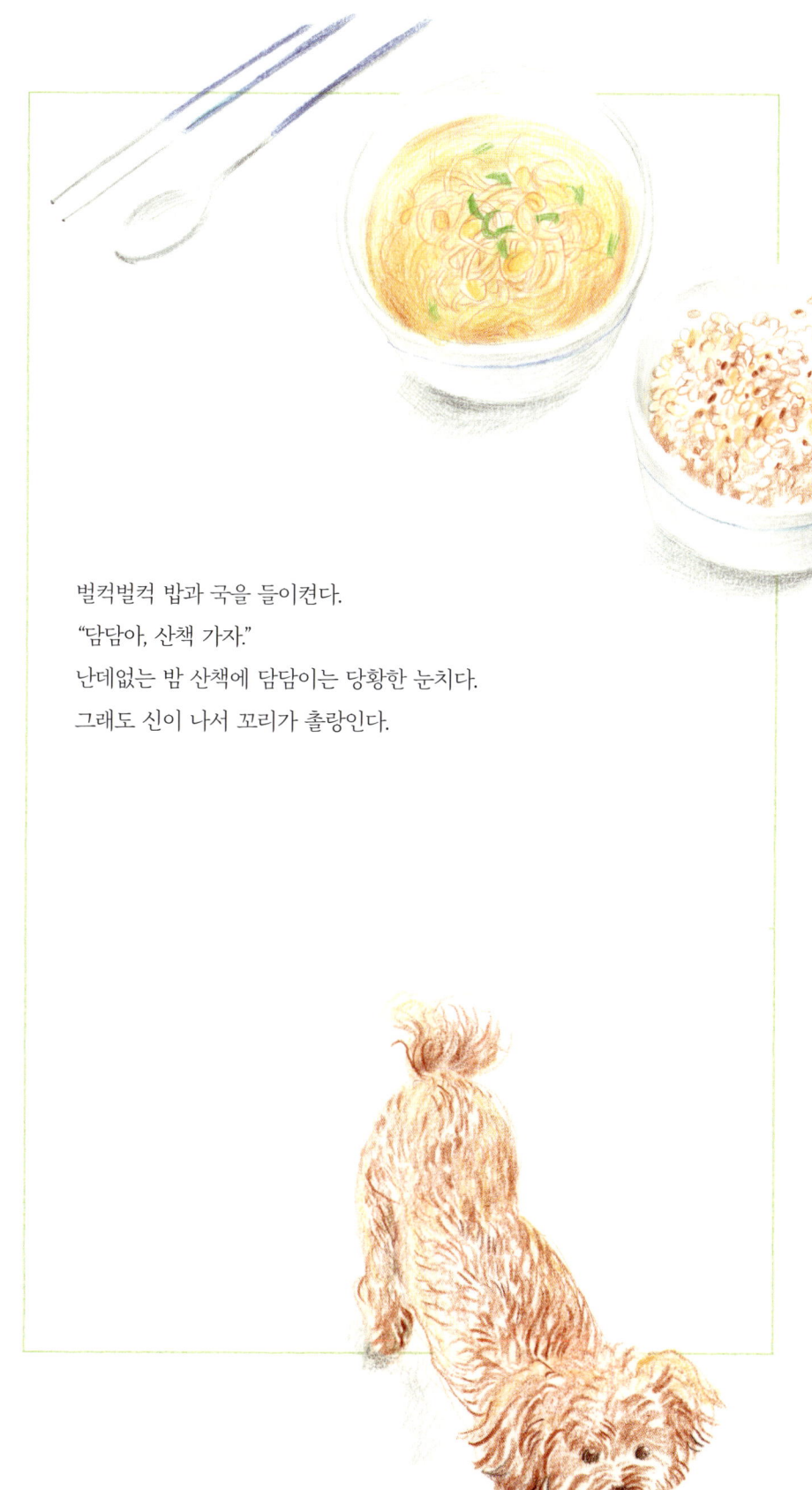

벌컥벌컥 밥과 국을 들이켠다.
"담담아, 산책 가자."
난데없는 밤 산책에 담담이는 당황한 눈치다.
그래도 신이 나서 꼬리가 촐랑인다.

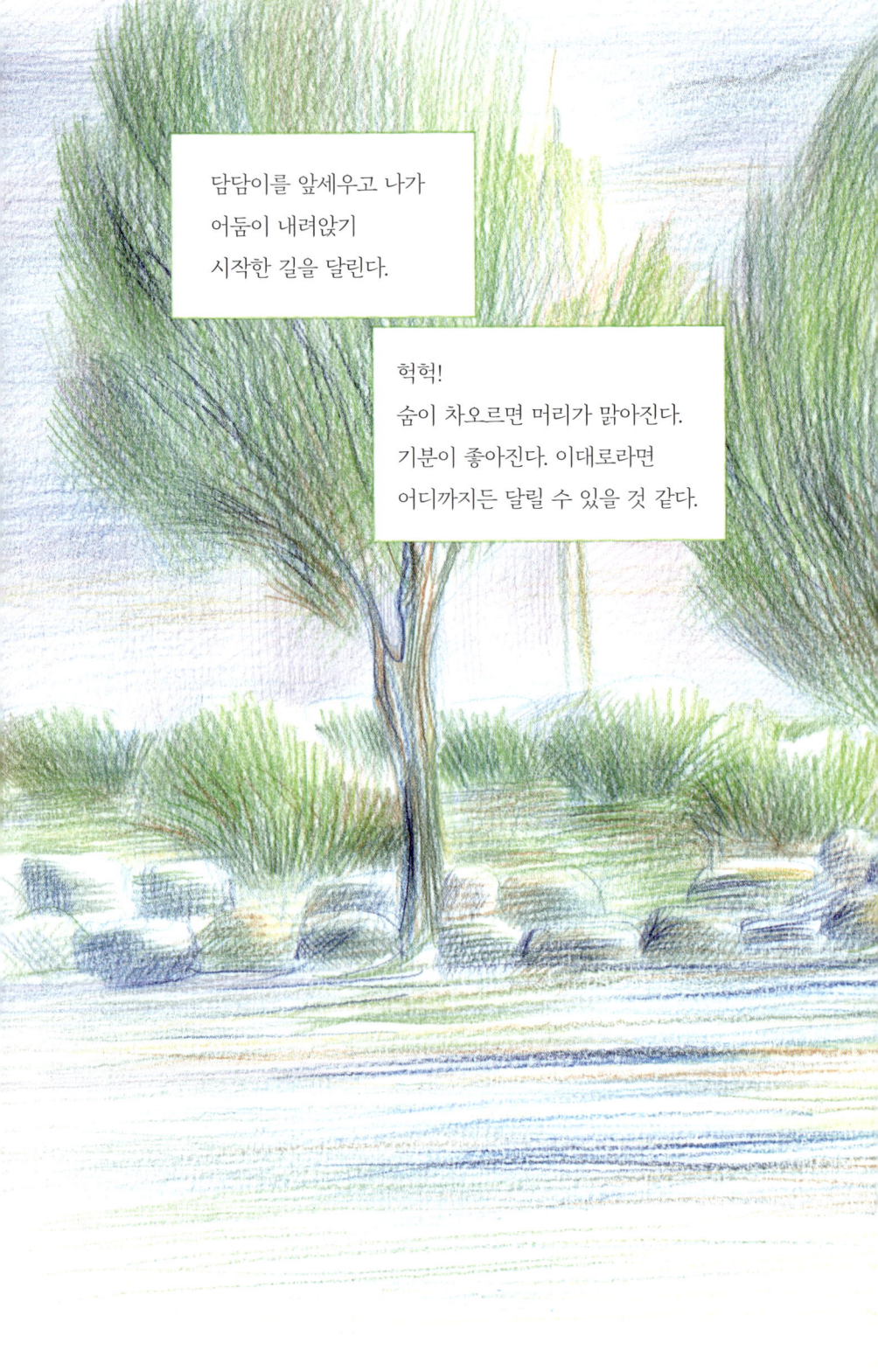

담담이를 앞세우고 나가
어둠이 내려앉기
시작한 길을 달린다.

헉헉!
숨이 차오르면 머리가 맑아진다.
기분이 좋아진다. 이대로라면
어디까지든 달릴 수 있을 것 같다.

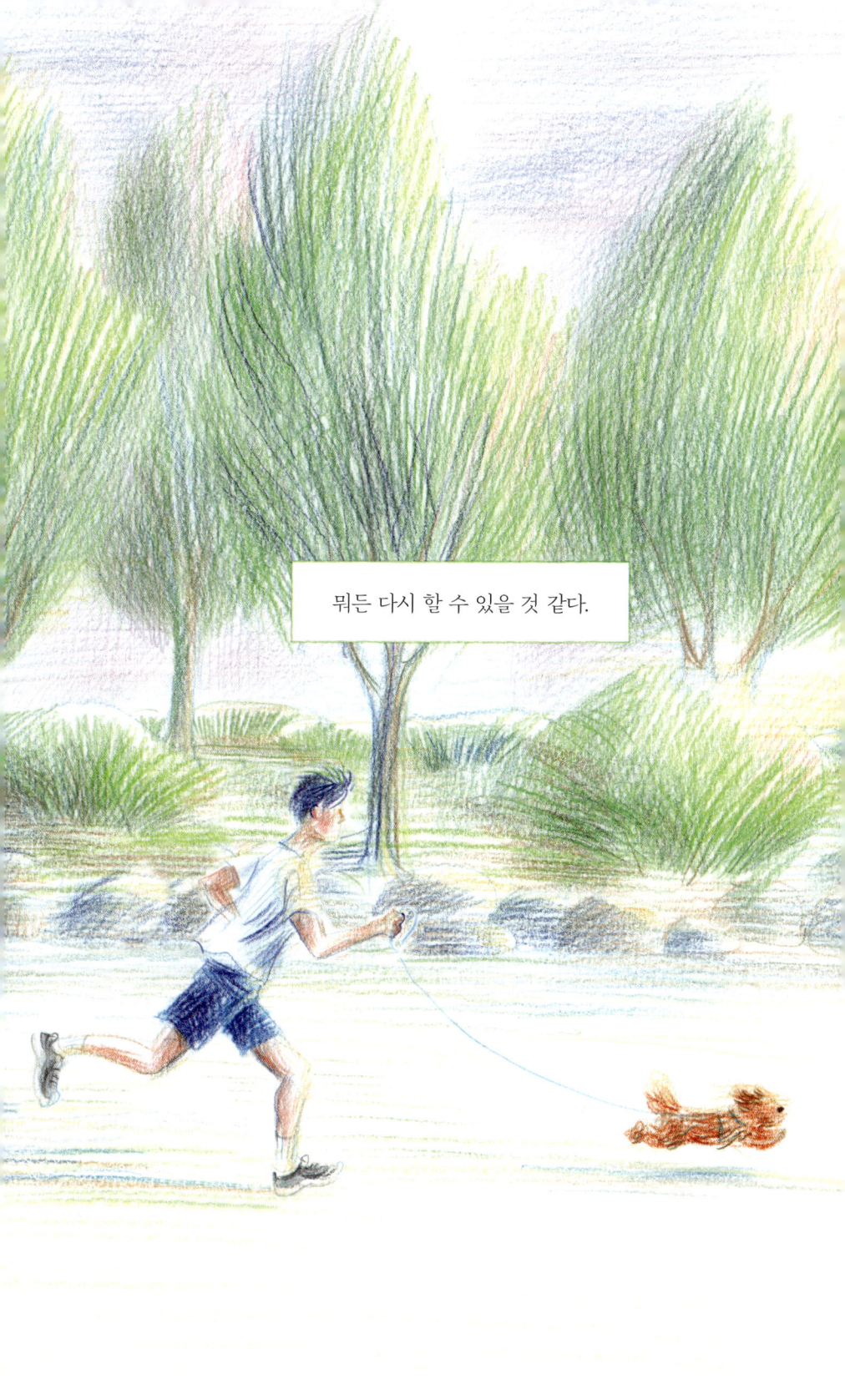

뭐든 다시 할 수 있을 것 같다.

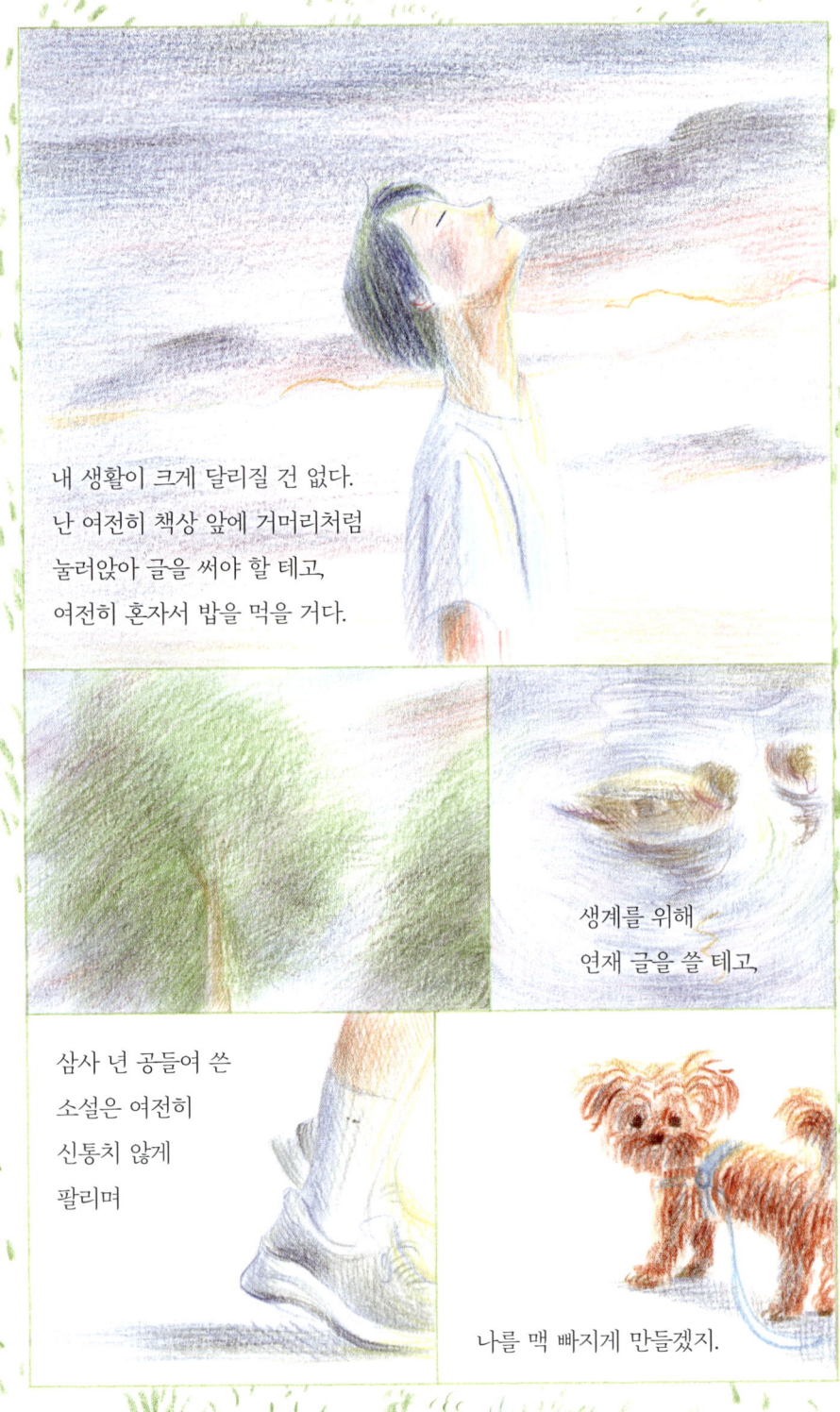

내 생활이 크게 달라질 건 없다.
난 여전히 책상 앞에 거머리처럼
눌러앉아 글을 써야 할 테고,
여전히 혼자서 밥을 먹을 거다.

생계를 위해
연재 글을 쓸 테고,

삼사 년 공들여 쓴
소설은 여전히
신통치 않게
팔리며

나를 맥 빠지게 만들겠지.

그래도 나에게는 아침을 열어 주는 정원이 있다.
할머니 친구도 생겼다. 내년 여름에도 할머니네
옥상 정원에서 자란 상추 겉절이를 먹게 될 것이다.

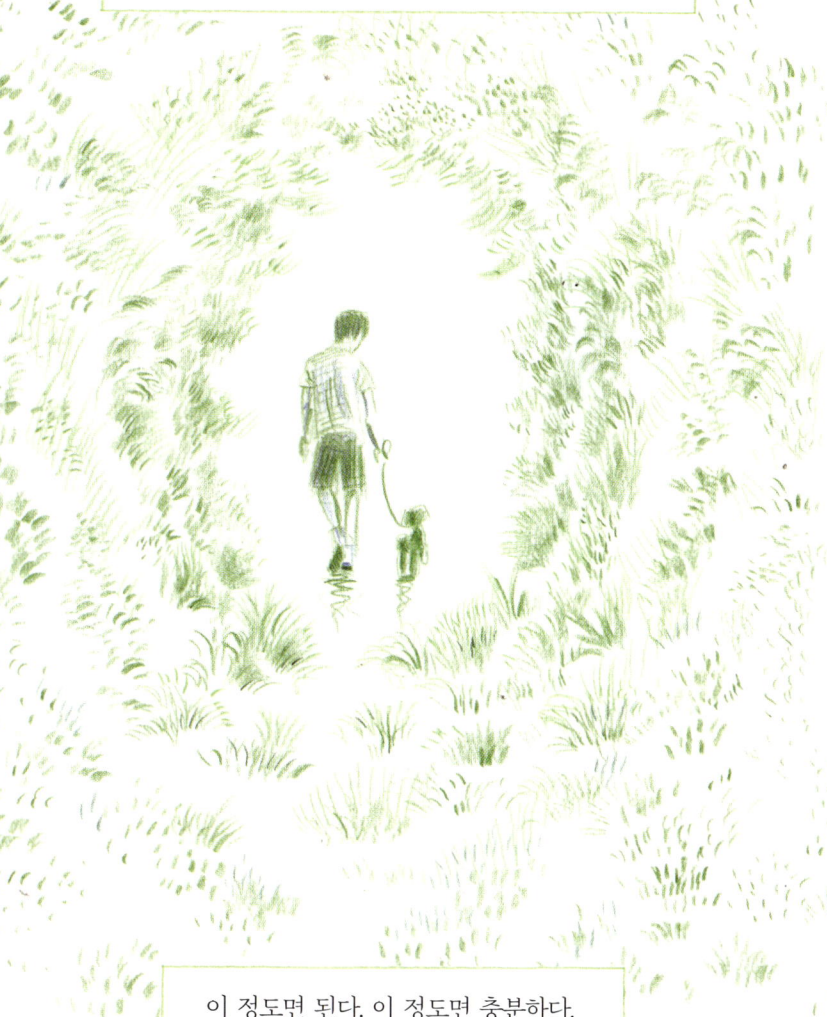

이 정도면 된다. 이 정도면 충분하다.

할머니가 일러 주신 소소한 가드닝 팁

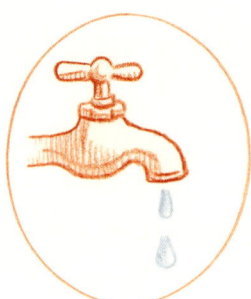

① 물은 수돗물로 주기
화초에 물을 줄 때 정수기 물을 사용하냐고 묻는 이가 있는데, 정수기 물은 적합하지 않다. 영양소까지 정제되어 버린 물이기 때문이다. 수돗물이면 충분하다.

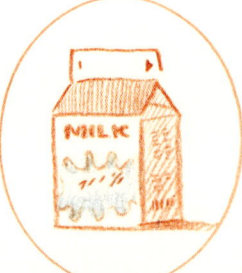

② 영양제를 주어야 할까?
영양제 대신 물에 우유를 한두 방울씩 섞어서 주어도 된다. 식물들이 잘 자란다. 대신 1~2년에 한 번씩은 화분 흙을 교체해서 영양을 공급해 주는 게 좋다.

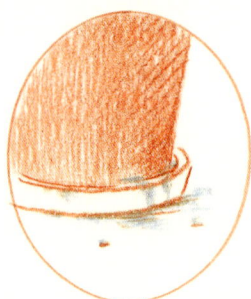

③ 화분 받침은 바로바로 깨끗하게
화분에 물을 주고 나면 화분 받침에 물이 가득 차곤 하는데 그 물을 버리는 것도 일이다. 그래도 그냥 두면 벌레가 생길 수 있고, 물곰팡이가 생겨 위생에 좋지 않다. 바로바로 버려야 한다. 물론 물 주기 기술이 늘면 물이 딱 한두 방울만 떨어질 정도로 정확한 양을 주게 된다. 화분 받침의 물을 따로 버리지 않아도 되는 날이 오는 것이다.

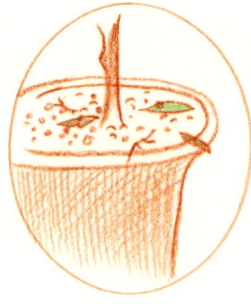

④ 화분 겉흙 청소
오래된 화분을 보면 맨 위의 겉흙이 지저분한 경우가 많다. 떨어진 꽃잎 부스러기나 쌓인 먼지, 흙속에 있던 펄라이트, 마사토 등의 부스러기가 물에 떠올라 쌓이기 때문이다. 통풍을 방해하고 병충해의 원인이 될 수 있으니 주기적으로 살피고 살살 긁어서 버리는 게 좋다.

에
필
로
그

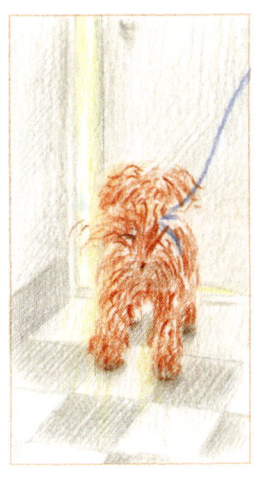

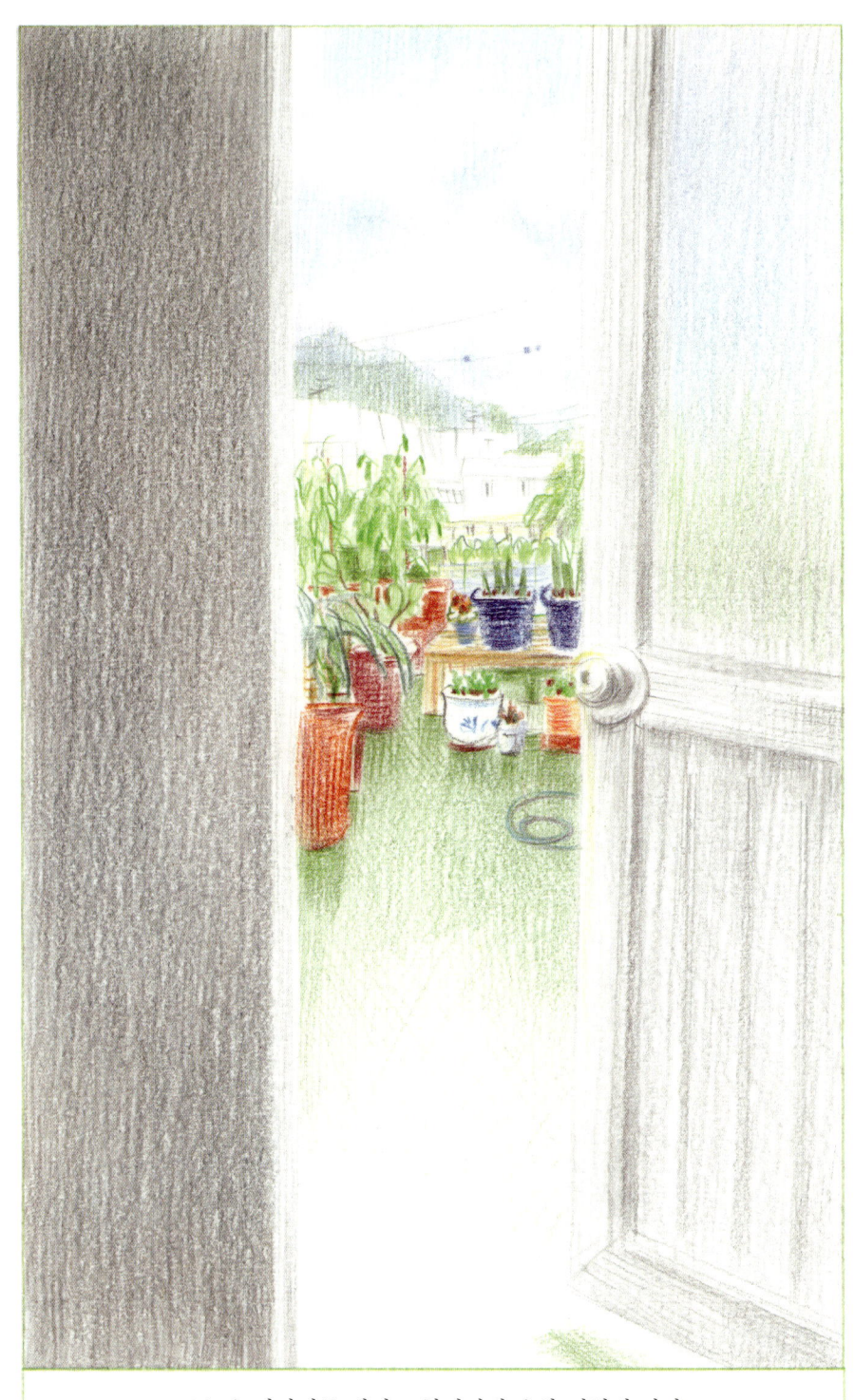

오늘은 담담이를 데리고 할머니네 옥상 정원에 갔다.

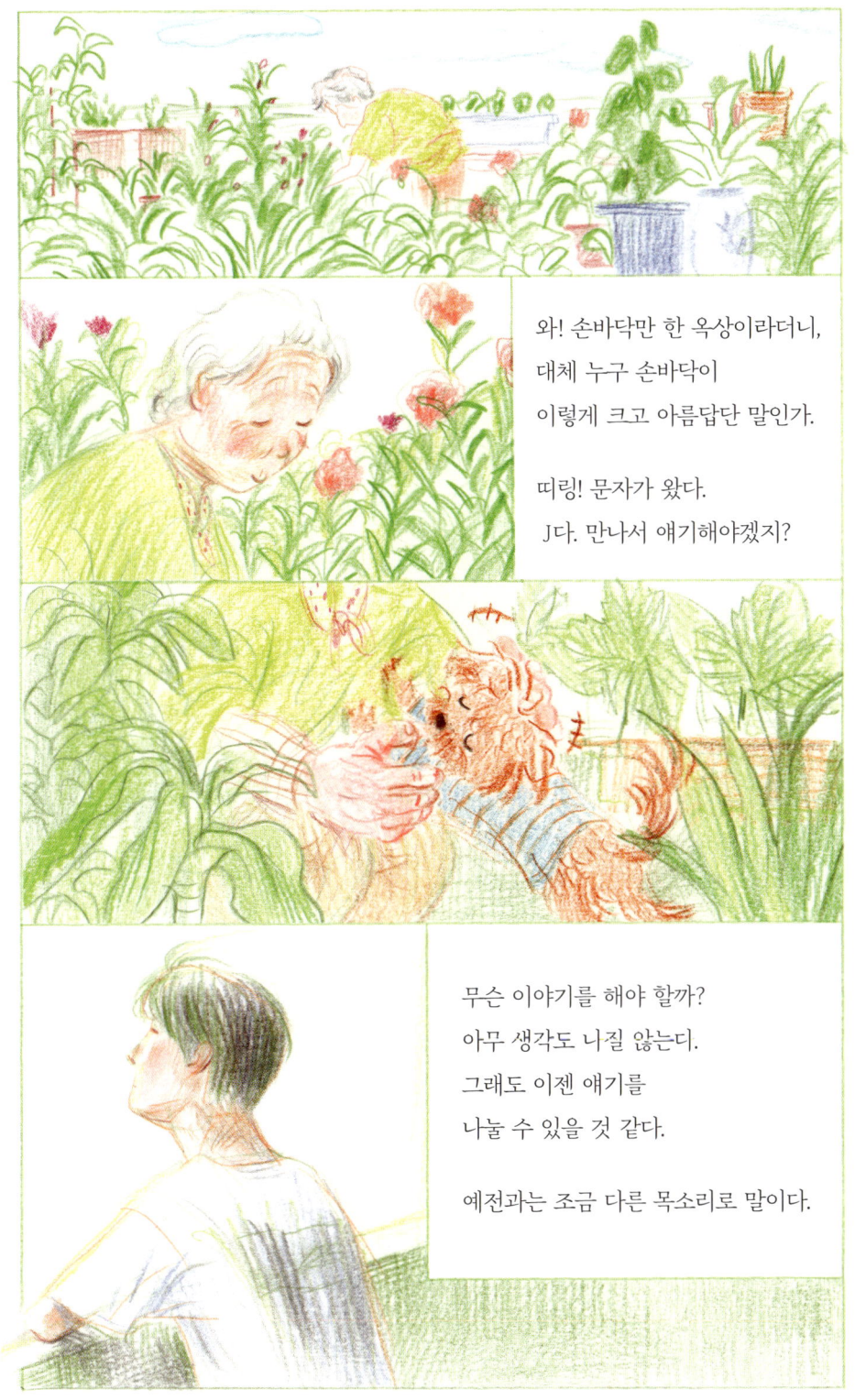

와! 손바닥만 한 옥상이라더니,
대체 누구 손바닥이
이렇게 크고 아름답단 말인가.

띠링! 문자가 왔다.
J다. 만나서 얘기해야겠지?

무슨 이야기를 해야 할까?
아무 생각도 나질 않는다.
그래도 이젠 얘기를
나눌 수 있을 것 같다.

예전과는 조금 다른 목소리로 말이다.

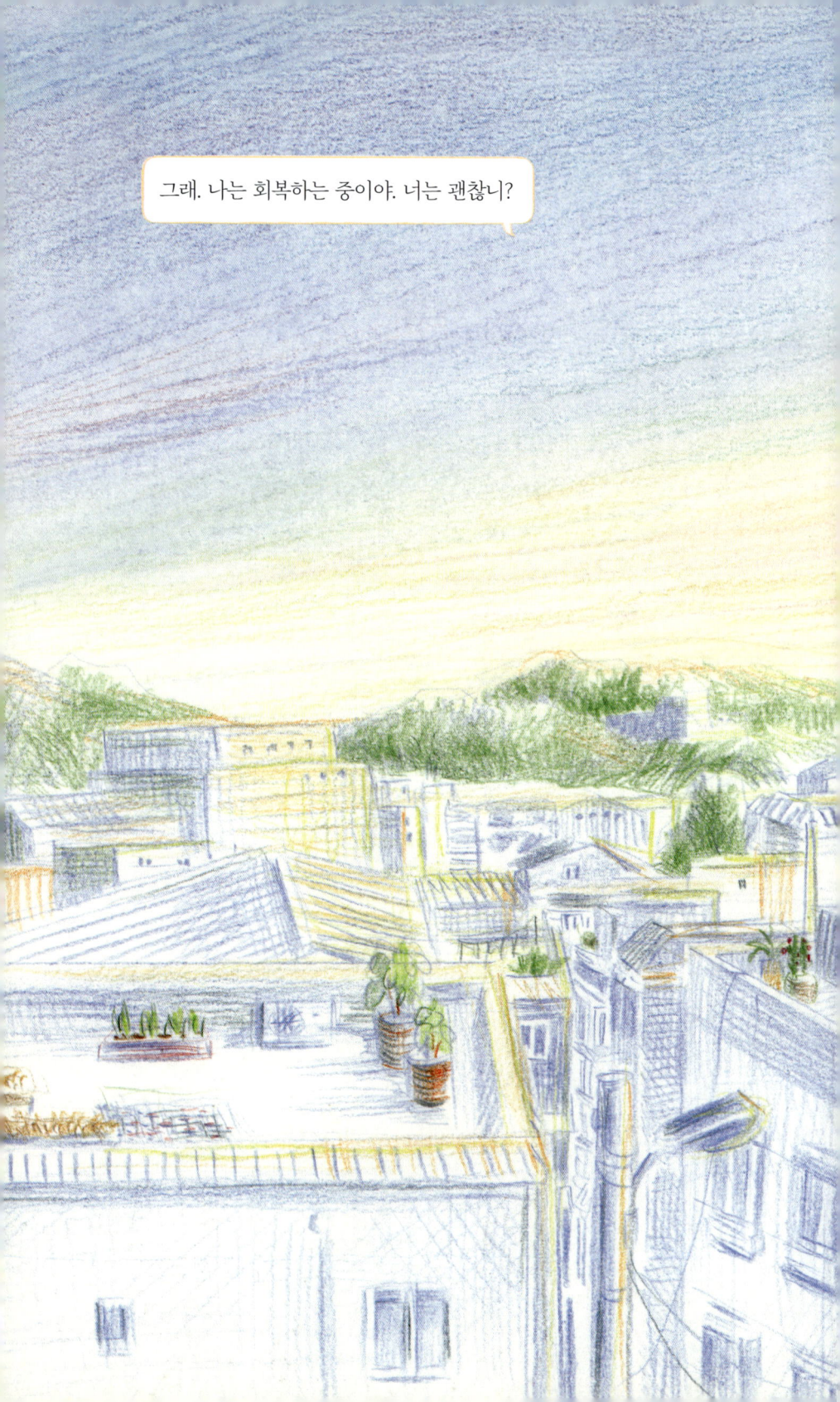

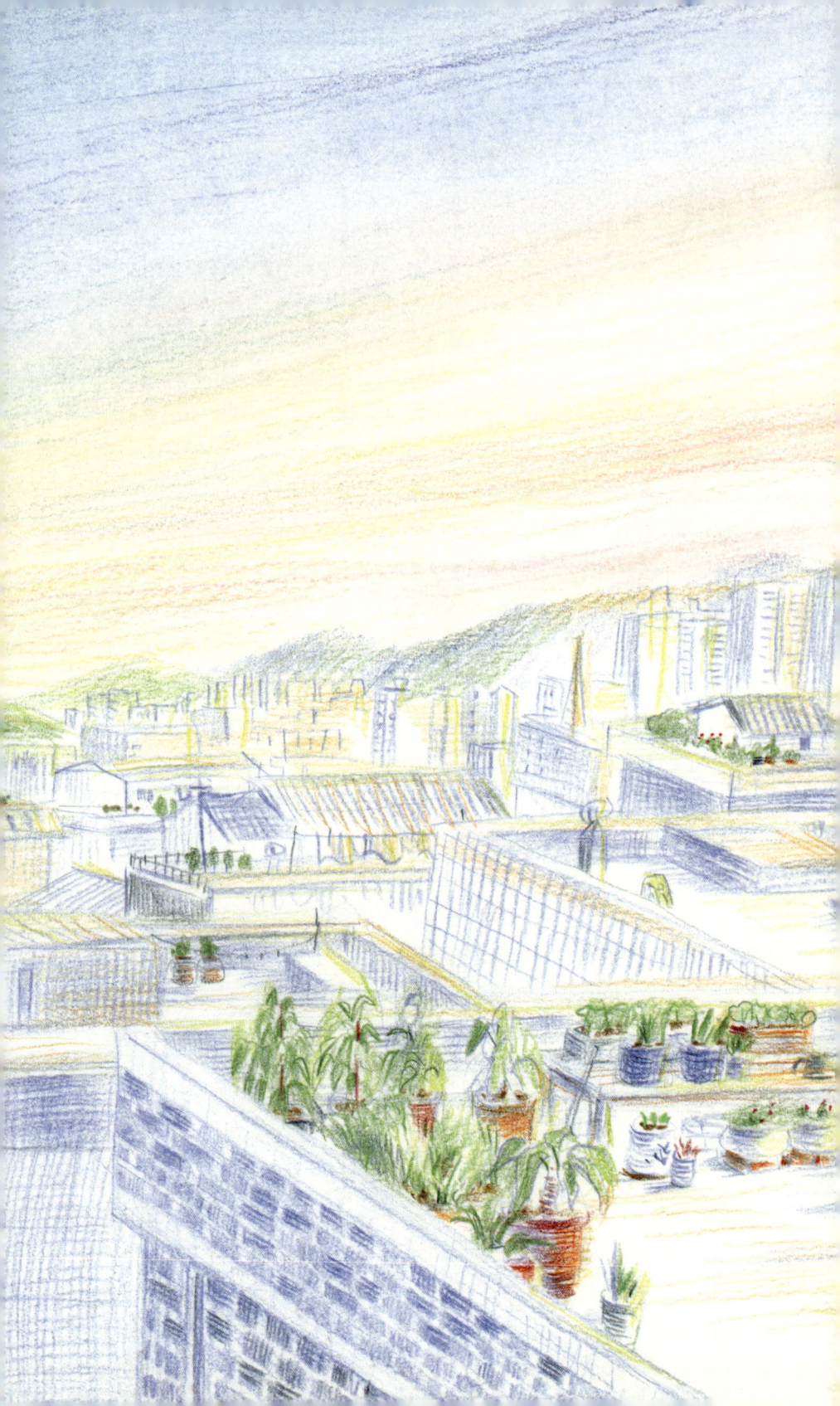

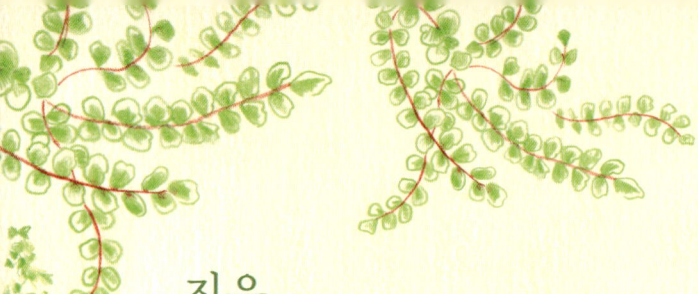

지은

봄이면 도보로 40분 거리의 꽃집에 거의 매일 걸어갔다 돌아온다.
여름엔 큰 나무들이 만들어 주는 그늘을 따라 뒷산 길을 오르며
오후를 보낸다. 가을이면 왕복 두 시간은 걸어야 도착하는 공원에서
오후 시간을 거의 보내고, 겨울엔 관악산 도보 길에서 반나절을 보낸다.
걷고 또 걷는… 그 시간 동안은 잊을 수 있으니까.

그렇게 일 년을 보내고, 또 일 년을 보내니
서서히 지워지고, 무뎌지고, 둥그러지고….
그 시간 동안 만났던 꽃과 나무와 풀과 바람이
내겐 가장 큰 위로이자 토닥임이 되어 주었다.

위로와 토닥임이 필요한 누군가에게
'그 남자의 정원'이 꽃집이고, 뒷산 길이고, 공원이고,
도보 길이 되어 줄 수 있다면 정말 좋겠다.

― 글 작 가 ―

나는 이름이 여러 개다.
태어날 때 아빠가 지어 준 이름이 있고,
어릴 때 엄마가 불러 준 이름이 따로 있다.
작가가 되며 필명도 생겼다.
새 이름이 생길 때마다 낯설고 새로운 세상을 선물받는 기분이다.
천성이 모험을 즐기지 못하는 사람인데,
이상하게도 새 이름은 가슴을 두근거리게 한다.
낯선 세상이 싫지 않다.
새 이름이 생겼다.
계속 낯선 글을 쓰고 싶다.

한요

그해 겨울 끝자락에는 저도 어엿한 화분을 하나 들이고 싶었습니다.
베란다에 덩그러니 놓여 있던 두 개의 빈 화분을 씻었어요.
정성을 다하고 싶은 마음이 내 안쪽을 향한 것인지,
바깥쪽을 향한 것인지 명확하진 않았지만, 무척 반짝거리는 것이었어요.

그런 상상을 했어요. 이 이야기처럼 나의 베란다에도
화분들이 하나둘씩 늘어나고, 자라고, 시들고, 다시 피어나고,
그 화분들을 그리며 이 책을 완성해 나가는….

정신 차려 보니 소설가처럼 책상에만 매달려 사는 동안,
화분들은 바싹 말라 죽어 있었지만요. 마치 나의 부재를
박제해 둔 것 같은 모양으로요.

지금 제겐 다시 두 개의 빈 화분이 남아 있습니다.
큼지막한 반투명 플라스틱 화분과 작고 앙증맞은 까만색 토분엔
아무 일도 없었던 것 같아요. 그 옆에 역시 비어 있는 청록빛의
고운 물조리개가 이른 봄 햇빛에 반짝.

— 그림작가 —

한요는 친구와 함께 글자를 잔뜩 펼쳐 놓고 제 성에 말놀이하듯 붙이며 만든 이름이었어요.
그래서 나중에 '요'에 허리라는 뜻이 있다는 걸 알게 되어 신기했습니다.
어릴 때 댕강 잘린 허리의 단면을 들여다보는 꿈을 꾼 적이 있거든요.
오랫동안 그 이미지는 제게 중심을 회복하는 힘이었어요.
한요는 나에게 가장 중요한 것을 찾아가는 이름입니다.

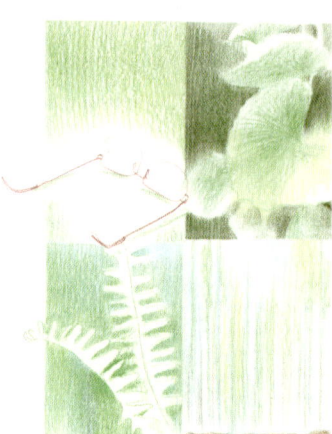